U0551700

蒙娜之眼

MONA'S EYES

LES YEUX DE MONA

II

ORSAY

II

奧塞美術館

湯瑪士・謝勒斯 Thomas Schlesser／著

李沅洳／譯

時報出版

20 〈奧南的葬禮〉*Un enterrement à Ornans*

◎古斯塔夫・庫爾貝(Gustave Courbet, 1819-1877)

1849 年至 1850 年

21 〈向德拉克洛瓦致敬〉*Hommage à Delacroix*

◎亨利・方坦—拉圖爾(Henri Fantin-Latour, 1836-1904)

1864 年

22 〈內維爾的耕作場景：第一次鬆土〉*Labourage nivernais: le sombrage*

◎羅莎·博納爾（Rosa Bonheur, 1822-1899）

1849 年

23 〈灰與黑的第一號編曲〉

Arrangement en gris et noir n°1

◎詹姆斯·惠斯勒

（James Whistler, 1834-1903）

1871 年

24 〈赫伯特·達克沃斯夫人〉

Mrs. Herbert Duckworth

◎茱莉亞·瑪格麗特·卡麥隆

（Julia Margaret Cameron, 1815-1879）

1872 年

25

〈蘆筍〉*L'Asperge*

愛德華·馬內(Édouard Manet, 1832-1883)

1880 年

26

〈聖拉薩車站〉*La Gare Saint-Lazare*

◎克勞德·莫內(Claude Monet, 1840-1926)

1877 年

27

〈舞星〉*L'Étoile*

◎愛德加·竇加

(Edgar Degas, 1834-1917)

約 1876 年

28

〈聖維克多山〉*La Montagne Sainte-Victoire*

◎保羅・塞尚（Paul Cézanne, 1839-1906）

約 1890 年

29

〈命運的巨輪〉

La Roue de la Fortune

Entre 1875 et 1883

◎愛德華・伯恩—瓊斯

（Edward Burne-Jones, 1833-1898）

1875 年至 1883 年

30 〈奧維爾教堂〉
L'église d'Auvers-sur-Oise
◎文森·梵谷
(Vincent Van Gogh, 1853-1890)
1890 年

31 〈成年〉*L'Âge mûr*
◎卡蜜兒·克勞岱爾
(Camille Claudel, 1864-1943)
約 1902 年

32 〈樹下的玫瑰〉*Rosiers sous les arbres*
◎古斯塔夫·克林姆
(Gustav Klimt, 1862-1918)
1905 年

諾拉·史提亞斯尼(Nora Stiasny)的遺產，
曾收藏於奧塞美術館

33 〈休息〉*Hvile* [Repos]
◎威廉·哈莫修依
(Vilhelm Hammershøi, 1864-1916)
1905 年

34 〈乾草垛 III〉*Meules de foin III*
◎皮特·蒙德里安
(Piet Mondrian, 1872-1944)
約 1908 年

CREDITS 版權聲明

– 所有照片 ©DR 攝，除了第 46 張和第 47 張 ©DR ／哈同—伯格曼基金會攝；第 49 張 © 馬克斯米連 · 格特（Maximilian Geuter）／伊斯頓基金會（The Easton Foundation）攝。

– 所有作品圖 ©DR，除了第 36 張 © 馬塞爾 · 杜象協會（Association Marcel Duchamp）／法國平面暨造型藝術著作人協會（Adagp），巴黎，2024；第 38 張 © 喬治亞 · 歐姬芙博物館（Georgia O'Keeffe Museum）／法國平面暨造型藝術著作人協會，巴黎，2024；第 39 張 © 馬格利特基金會（Fondation Magritte）／法國平面暨造型藝術著作人協會，巴黎，2024；第 40 張 © 布朗庫西的遺產—版權所有（法國平面暨造型藝術著作人協會），2024；第 41 張 © 法國平面暨造型藝術著作人協會，巴黎，2024；第 42 張 ©2024 墨西哥銀行的迪亞哥 · 李維拉與芙烈達 · 卡蘿博物館信託基金（Banco de México Diego Rivera Frida Kahlo Museums Trust），墨西哥城／法國平面暨造型藝術著作人協會，巴黎；第 43 張 © 畢卡索的遺產，2024；第 44 張 ©2024 波洛克—克拉斯納基金會（The Pollock-Krasner Foundation）／藝術家權利協會（ARS），紐約；第 45 張 ©2024 妮基慈善藝術基金會（Niki Charitable Art Foundation）／法國平面暨造型藝術著作人協會，巴黎；第 46 張 © 漢斯 · 哈同／法國平面暨造型藝術著作人協會，巴黎，2024；第 47 張 © 安娜—伊娃 · 伯格曼／法國平面暨造型藝術著作人協會，巴黎，2024；第 48 張 © 尚—米榭爾 · 巴斯奇亞的財產，由紐約 Artestar 授權；第 49 張 © 伊斯頓基金會／由法國平面暨造型藝術著作人協會授權，巴黎 2024；第 50 張 © 感謝瑪莉娜 · 阿布拉莫維奇檔案館提供／法國平面暨造型藝術著作人協會，巴黎，2024；第 51 張 © 法國平面暨造型藝術著作人協會，巴黎，2024；第 52 張 © 法國平面暨造型藝術著作人協會，巴黎，2024。

第二部 奧塞美術館

II

ORSAY

第二部——奧塞美術館

20

古斯塔夫・庫爾貝

大聲吶喊，筆直前行

20

Gustave Courbet

Crie fort et marche droit

「不，我不要。」

莉莉固執地拒絕做舊貨店的模型。這兩個朋友幸運地抽籤分到同一組，現在她們必須選定學年末要完成的計畫。蒙娜原以為莉莉會很興奮能將她父親的店鋪縮小成模型，但是莉莉卻因壓抑的無名怒火而緊握拳頭，絲毫不退讓。這讓她們之間的默契突然出現裂痕，猶如一首悲傷的歌曲。她們已經好幾天沒說話了。

然後，莉莉突然開口了。某個星期三，就在下課後等父母來接的那段時間，她要求蒙娜和婕德跟著她到有頂棚的操場一角。她一邊說話，一邊不停地聳著肩膀，背上的大書包也跟著抖動。

「爸爸今年夏天要回義大利，我會去跟他住，在那邊上中學。媽媽會留在這裡，而我的貓，我不知道，就這樣……」

所以，這就是她對一切變得這麼抗拒的原因，因為她必須宣布分離的消息。而她終於能向蒙娜解釋，與其製作舊貨店的模型，她更想要做家裡廚房的模型，廚房裡有張小桌子，她每晚都和父母在那裡共進晚餐。

在這個初春時節，四月、五月、六月對蒙娜、婕德和莉莉來說似乎還相當漫長，讓她們有足夠的時間建立永恆的友誼。但她們已經不再是小孩子了。莉莉的父母離婚，並計畫帶她前往另一個國家，更加確信了童年即將化爲虛幻的回憶塵埃。蒙娜感覺淚水在眼眶裡打轉。

從學校柵欄那裡傳來一陣呼喚她的聲音，讓她激動得抽噎，是亨利。蒙娜不想在同學面前哭泣，於是她轉身衝了出去，穿過充滿尖叫聲的操場。一陣風吹乾了她的眼睛。她瘋狂地奔跑，急著投入祖父的懷抱，以免讓悲傷進一步襲擊她。她緊緊地抱著祖父，長長地嘆了一口氣，然後輕輕地將手滑入他的手中。路上，亨利告訴她，他們今天要去一個新地方，這意味著羅浮宮的課結束了。結束了？已經？儘管祖父的語氣歡快，但蒙娜心裡卻一陣刺痛，感覺好像在吞灰塵一樣，羅浮宮突然閃過她的腦海，它似乎遭到時間的蹂躪，屋頂破了、拱廊成了廢墟，很像于貝爾．羅伯特[1]於一七九六年在畫中傳達的末日景象。她想向祖父敞開心扉，請求他在必須做這個改變之前，再去散步一次。她祖父察覺到了她的困惑，向她投以慈愛而堅定的眼神。我們必須向前邁進。面對瞬息萬變的事物，蒙娜的疼痛感平緩了。是的，我們必須前進。

[*]

因此，亨利沒有朝貝聿銘的金字塔走去，而是穿過羅浮宮的方形庭院，然後走過皇家橋，接著右轉，走到一棟厚重的建築前，這棟建築的廣場上矗立著巨大的青銅動物。爲了逗他的孫女開心，並提醒她關於他們之間的祕密，他向她解釋說，原本每週三要去兒童心理醫師那邊看診，現在要改到一個新住址，就是塞納河對面的榮譽軍團街一號[2]。這座奧塞美術館是由舊火車站改建而成的，這個珠寶盒般的博物館收藏了一八四八年至一九一四年間的藝術作品，雖然藏品的創作時期比鄰近的羅浮宮短，但它擁有的傑作同樣出色，這一點很快就能獲得證明。

巨大的畫布上以全景方式描繪出一場鄉間葬禮。背景有一片灰色的天空，兩座白堊質

＊本書註釋皆爲譯註。

1 于貝爾・羅伯特（Hubert Robert，一七三三—一八〇八），法國畫家。

2 Rue de la Légion-d'Honneur

懸崖延展開來，環繞著一處山谷，左側的懸崖上點綴著房子。在畫作底部中央，在草地和爛泥之間有一座已經挖好的墳墓，位置稍微傾斜。這個墓穴被截去了一段，似乎延伸出畫框，一直到觀眾站立的地方，因此觀眾幾乎可說是身處其中。一顆頭顱躺在墓穴邊緣，旁邊有隻轉頭的短毛垂耳布拉克獵犬。在遠處的風景和近處這些元素之間，總共有三十六個可辨識的人物，如果再加上幾個陰影和可見的修改，可能就有四十五個或五十個；總之，大約有幾十個人。顏料的不透光性隨著時間而變得更暗，將這些身影融在一起，看起來像是缺乏透視感，但實際上是有透視效果的。為了理解這個透視效果，我們必須仔細檢查這些人物的奇怪分布。深處出現幾個人影，因為比例的關係而顯得很小且難以辨認，不過，他們略高於前景裡的人物，就好像那裡有一個小丘與地形上的高低差。這種視覺上的把戲讓人想到大型團體照，為了讓後排的人被看見，就必須人為地將他們墊高。後面這排，由左到右，畫面最旁邊有一名老人、幾位穿白衣的祭司、幾名黑衣人，然後是女人們。女性約有二十幾個，年齡不一，她們或哭泣，或埋首在手帕裡，蜿蜒著走向墓穴，隊伍在畫作的右側轉彎。跟隨著她們的腳步，我們才能理解景深、行列和平面的接續性。最後，在這個場景前方的左側，棺材被抬了進來，上面蓋著一塊棺罩，布幔上有兩根交叉的骨頭以及縫著淚珠狀的裝飾。這具棺材由四名戴著大帽子的男人抬著，前面還有兩名祭壇侍童。他們旁邊有一位持十字架的人，他留著小鬍子，鼻子很大，目光直視著觀眾，同時將一個釘著基督的小型十字架高高舉起，越過了地平線。墓穴周圍有專注於彌撒經本的神父、一個跪著的掘墓人、幾名神情陰沉的顯要人物、兩位穿紅衣的男人，還有另外兩名穿著更為雅緻的男子，其中一名穿白色長筒襪，另一名穿藍色長筒襪。

在畫前徘徊了足足半個小時後，蒙娜遭遇了一個謎題。這個外省場景的陰鬱實況確實可以立即感知，毫無修飾，但沒有任何顯而易見的事物，而〈奧南的葬禮〉這種模糊不清的標題幾乎沒有提供什麼線索。

「爺耶，奧南在哪？他們要埋葬誰？」

「這是位於弗朗什—孔泰地區[3]的一個小城鎮，畫家古斯塔夫．庫爾貝就是在那裡長大的。他熟悉那裡的每個角落和居民，他有幾位家人也出現在這裡。他的父親在中間，就

[3] 弗朗什—孔泰地區（Franche-Comté）位於法國東部。

在那位擦著眼淚的男子上方；他的母親和兩個妹妹全都在右邊，另外還有幾位朋友。他在一間極小的工作室裡，一片一片地創作這幅巨大的畫作，要求每一位模特兒依序擺出姿勢。另一方面，棺材裡裝的是什麼，依然是一個謎……」

「一切都非常的黯淡，」蒙娜評論道。「這眞是令人難過，但還是有一些有趣的人物，有些人分心了，例如祭壇侍童，其他人似乎喝太多了，有的甚至在看著我們！」

「沒錯，而且這種混合了悲劇與喜劇的方式是庫爾貝藝術的典型。這惹惱了例如頗具影響力的詩人泰奧菲爾．哥提耶[4]。他質疑藝術家是否嚴肅且眞實地表達了喪事的哀戚，或者這是否是一幅不當採用巨大畫幅的諷刺畫。他特別指出構圖中間那兩名穿紅衣的男人，他們是教堂執事，也就是世俗人，但他們被假定要遵守宗教儀式的正確穿著。哥提耶對『紅撲撲的肥臉』和『醉醺醺的神態』感到迷惑，這是他在回憶錄裡說的。」

「啊！那麼這位庫爾貝，他在生活中嚴肅嗎？」

「他是一個享樂者，但最重要的是，他是一個偉大的煽動者，他宣稱想要『讓藝術變得通俗』。一八三九年，二十歲的他來到巴黎，他必須奮力拚搏，才能融入一個要求嚴格且非常講究規矩的社會。但是他聰明、善於策略，而且才華出眾。他在羅浮宮和一些小型的學院接受訓練，他經常在咖啡館流連，那裡聚集了身無分文的新手藝術家、擁有烏托邦理想的哲學家和被詛咒的作家。他會喝好幾公升的啤酒、歡快地唱歌，還想要留名青史。他的朋友詩人波特萊爾就嘲笑他，說他甚至相信自己可以『拯救世界』。」

「但是，爺耶，應該要『拯救世界』的是耶穌，對吧？在十字架上面那個，他眞的很小……」

「還要注意，天空是昏暗的，沒有光線，而前景中那顆象徵第一個人類亞當的頭顱則被漫不經心地劈成兩半。至於狗，牠是忠誠的象徵，但我們不知道牠在看哪裡。祭司和神父也沒有受到多少重視。整個儀式有宗教的規模，但也帶著日常的色彩，沉浸在一種泥濘的氛圍裡。一位評論家甚至驚呼：『就是要讓您覺得埋葬在奧南是很噁心的。』正常來說，這樣的畫作會被官方沙龍拒絕，但是庫爾貝因爲另一幅畫在一八四九年獲得獎勵，使他能在一年後展出他想要展出的畫作。他利用了這個漏洞，引發了巨大的醜聞。」

「我啊，我會說仔細看時，所有這些黑色都非常漂亮，而且與白色形成美麗的對

4 泰奧菲爾·哥提耶（Théophile Gautier，一八一一—一八七二），法國詩人、作家暨藝評家。

比……」

「我也會這麼說，而且還會像這幅畫的一位擁護者那樣，補充說這是『藝術中的民主』的到來。」

「啊！我懂了，爺耶。這就像是弗蘭斯・哈爾斯的〈波西米亞女郎〉和那位黑人女性瑪德蓮的肖像。它展示的是普通人的偉大，對嗎？」

「完全正確。這是一份眞正的宣言，主張無論是悲慘還是有權勢的人，他們都有權在繪畫中被代表，就像每個人都應該被他們以民主方式選出的當選者所代表。讓我們補充一下，在一八四八年發生一場暴力叛亂後不久，這幅畫就在巴黎展出。這場叛亂起初成功推翻了七月王朝[5]的統治，但是很快的，拿破崙一世的姪子路易—拿破崙・波拿巴[6]就成爲國家領袖，他獨攬大權，變得專橫。這幅畫似乎是在說共和國的理想已經被埋葬了，但是外省、鄉村及其家鄉汝拉省[7]的人民依然挺立，繼續奮戰。在洞穴的邊緣，有一位穿藍色長筒襪的老人，另一位則穿白色長筒襪，他們是一七九三年的老兵，也就是法國大革命的人物，他們依舊站立著。」

「他們一定很自豪能出現在畫中！」

「在這幾十位模特兒裡，並非所有的人都是這樣……。他們擺姿勢時非常興奮，但有些人隨後獲知這幅畫的醜聞訴訟，認爲畫家是故意羞辱他們。此外，這些人的政治立場並非都和庫爾貝一致，一邊是教會的勢力，另一邊是法國大革命的懷舊者！棺罩上的圖案甚至影射了共濟會，這和基督教的論點是截然相反的。儘管如此，巴黎大衆並沒有察覺到這些細微差異和緊張局勢。相較於大衛〈荷拉斯兄弟之誓〉中展現透視感的消失線和相當清晰的立體感，這幅畫看起來像是有一群陰沉且充滿敵意的人浮現出來。記者在這幅畫作前，指責庫爾貝是在煽動一場革命，說他是教唆者，是鄉下來的無政府主義者，目的是要破壞所有的社會常規。這是誇張了，但也不完全是錯的。庫爾貝在他整個職業生涯中，對抗了無數的禁令。在他諸多重要作品中，他曾畫了剛做完彌撒、騎著驢子的酒醉神父，甚至還以特寫的方式畫了女性的性器官……」

5 七月王朝（monarchie de Juillet）是法國在一八三〇年至一八四八年的政體。

6 路易─拿破崙·波拿巴（Louis-Napoléon Bonaparte，一八〇八─一八七三），是繼七月王朝後成立的法蘭西第二共和國的總統，後來他將共和政體改制爲法蘭西第二帝國，是爲拿破崙三世。

7 汝拉省（Jura）位於法國東部，鄰近瑞士。

話說至此，亨利擔心蒙娜會要求去看這幅著名的〈世界的起源〉[8]，這讓他感到有點不安，但是小女孩並沒有這樣想，她的注意力仍在棺材上，彷彿在思考著一個謎題：我們究竟要在這裡埋什麼？「一個謎」，她祖父一開始就這樣說，但她懷疑他其實知道得更多。她是對的。因爲亨利是庫爾貝的忠實粉絲，他研究了藝術史學家在這方面的所有假設：在這些葬禮版畫中，也許就有死於一八三四年的藝術家之妹、或是前景中某個人物的妻子，或是共和國的象徵，甚至也有可能是浪漫主義的代表，而這是庫爾貝自己提出的更具美學的闡釋。但亨利要爲另一種解讀辯護，這種解讀更具野心、也更加詳盡。

「爲了畫這幅畫，」他繼續以低沉的聲音說道，「庫爾貝讓這些活生生的模特兒擺好姿勢，但他增添了一位眼前實際上不存在的人物。因爲，就在藝術家完成這件作品時，這名完全位於構圖左側、幾乎與棺材連成一體的幽靈老者才剛過世。」

「他是誰啊？爺耶。」

「他是尙─安托萬．奧杜[9]，庫爾貝的祖父。」亨利滿懷情感地低聲說道。「就像前景這兩個穿著白色和藍色長筒襪的人，他也象徵著與法國大革命的連結，因爲他曾是國民公會的代表。這個人對他的孫子來說意義重大，還傳給他一個讓他終生奉行的信條。」

當她的祖父重複庫爾貝的祖父傳下來的座右銘時，蒙娜明白了這與她自己的情況相似、甚至完全重合。

「『大聲吶喊，筆直前行』。」亨利低語。

「喔！好美……『大聲吶喊，筆直前行』。」她重複道。

「這幅畫在沙龍的柔和氣氛中猶如一聲吶喊，這是圍繞著藝術新功能的集合吶喊，它必須『筆直前行』，才能免於被批評或學院派的常規所壓垮。這聲充滿眞誠的吶喊被稱爲『寫實主義』，這是一場藝術運動，它首先相信要把眞實呈現出來，要讓人感受到現實的所有艱辛和矛盾，因爲生活固有的不完美是存在的本質。」

「我好喜歡他喔，這個庫爾貝！」

亨利也是，他對庫爾貝的喜愛勝過歷史上任何其他藝術家。他告訴蒙娜，他甚至曾和她祖母一起試圖將庫爾貝的遺骸從奧南的墓園帶出來，爲的是要在巴黎公社百週年紀念時

8 〈世界的起源〉(*Origine du monde*) 是庫爾貝於一八六六年創作的寫實主義畫作，以特寫鏡頭的形式描繪一名女子的軀體和外陰部。

9 Jean-Antoine Oudot，一七六八—一八四八。

將他供奉到萬神殿，但終究沒有成功。因爲，亨利繼續說，庫爾貝在一八七一年那場恐怖的衝突中是一位勇敢的行動者，他看見巴黎人同時抵抗入侵的普魯士人以及主張投降的法國政府。畫家致力於和平與平等的社會主義，尊重傳統並展望未來。可惜！被征服與被鎮壓後，他付出了沉重的代價：入獄，然後流亡瑞士、失寵、生病，最後於一八七七年十二月三十一日在他父親眼前早逝。蒙娜離開奧塞美術館時，心中堅信總有一天她能讓庫爾貝進入萬神殿。亨利覺得很有意思，贊同這項計畫。那麼，二〇七一年巴黎公社兩百週年紀念的時候，這應該是不錯的選擇吧？

經過塞納河時，他們很訝異自己竟然感到輕鬆和愉悅，就像有時我們從葬禮回來後意外地感到輕鬆那樣。

21
亨利・方坦—拉圖爾
死者與生者共存

21
Henri Fantin-Latour
Les morts sont parmi les vivants

舊貨店現在陷入了債務困境，焦慮的會計師每週都在揮舞著未支付的帳單，破產的威脅從未如此迫在眉睫。卡蜜兒不想再讓蒙娜去店裡度過傍晚時刻，因爲她害怕丈夫酗酒的可怕景象，但是，孩子堅持要去。

那天，保羅因爲灌了太多紅酒，差點站不穩，但是他的女兒正在他身邊做功課，這迫使他必須保持最低限度的尊嚴。他茫然地看向遠方，瞥見街道對面有位舉止優雅的閒人似乎正在遊晃。

「喏，」他打了個嗝，低聲道：「好像是買小雕像的客人……」

蒙娜不自覺地抬起頭來。雖然那個人的距離足足有三十公尺，但她還是立刻認出他來，就是他，而且他正快步遠離。

「爸爸，快叫他，給他看所有的鉛製小人！快點，快啊，爸爸！」

「但是，我親愛的，」保羅猶豫了，「我們不能打擾這位先生，再說，不，不行，我……」

「夠了，爸爸，」蒙娜打斷他，語氣跟她母親很像，「你站起來，你小心站好，然後你去叫他。快點，馬上，他很快就會走遠了！」

她拉著父親的袖子，打開門，再次叮囑他要好好走路並呼喊那名男士。保羅用細弱的聲音喊著。

「大聲點。」小女孩號令他。

他照做了。他那聲「先生！」起了作用。那個人轉過身來，臉上帶著迷途者的笑容。蒙娜幾乎沒有時間給她父親最後的叮囑，因爲那位路人就在那裡，穿著一套大設計師設計的蘋果綠西裝。他和兩個月前造訪時一樣，散發出相同的老派丹迪男[10]的華麗風範。

「啊！」他甚至沒有打招呼就大聲喊道。「眞是太有趣了！我在找您，結果是您找到我了！」

「請進，請進，店裡正好有一些維爾圖尼家族的模型。」保羅喘著氣解釋。

男子急忙檢查分散各處的物件，特別是被蒙娜擺在長凳上、用霓虹燈照射的小雕像。他一邊仔細檢視每一個小雕像，一邊敍述他的消遣就是用這些維爾圖尼家族小雕像來製作立體模型，以重建他個人的生活場景。

[10] 丹迪男（Dandy）指的是注重自身外表與言談舉止的男性，盛行於十九世紀，代表人物包括愛爾蘭作家王爾德（Oscar Wilde）、英國詩人拜倫（Lord Byron）等等。

「前任部長寫回憶錄、副省長化名寫情色小說。我啊，我把我的生活放進盒子裡，這更有趣！」他戲劇性地宣稱。

然後他模仿馬匹急馳的模樣，手指間夾著一個騎馬步兵人像，回憶起他在索米爾[11]當兵的經歷。他曾與一位上級決鬥，指責他太胖，無法打仗，結果被趕出軍隊。故事結束後，他翻了翻口袋。

「我跟您拿十五個！上次我們說每個五十歐元？」

「嗯，是的。」突然清醒的保羅同意。

「那麼，這裡有七百五十元現金，太好了。請把住址寫在紙上給我。我沒有網路，也沒有手機，但我還有眼睛可以讀！這樣一來，您甚至不需要在路上呼喊我！我很快就會回來；最重要的是，幫我找找其他的維爾圖尼家族小雕像！再見！」

*

蒙娜來到奧塞美術館的畫廊時，被一幅充滿巨大混亂能量的畫作震撼住了。這種紛亂乍看之下非常難以理解，但她憑著非凡的洞察力，在其中瞥見了一個猛獸和戰士戰鬥的場景。她要祖父注意這件如漩渦般的作品，老人認出那是歐仁．德拉克洛瓦[12]的草圖〈獵獅〉[13]，其大幅的完成版本收藏在斯德哥爾摩。

啊！德拉克洛瓦！亨利眞的是太草率了，竟然把他忽略了……。關於浪漫主義，他確實在羅浮宮的展廳裡介紹了哥雅、弗里德里希和透納，但他竟然摒除了〈地獄中的但丁和維吉爾〉、〈薩達那帕拉之死〉、〈自由領導人民〉[14]。這眞是令人遺憾的疏漏，因爲德拉克洛瓦是史上表達激情與將色彩運用到極致的先驅之一。而且，他與尙─奧古斯特─多明尼克．安格爾[15]之間還存有浪漫的競爭關係。前者讚揚色彩爆發的力量，認爲一幅畫應該

11 索米爾（Saumur）位於法國西部。

12 歐仁．德拉克洛瓦（Eugène Delacroix，一七九八─一八六三），法國畫家。

13 *La Chasse aux lions*

14 〈地獄中的但丁和維吉爾〉（*Dante et Virgile aux Enfers*）、〈薩達那帕拉之死〉（*La Mort de Sardanapale*）、〈自由領導人民〉（*La Liberté guidant le peuple*）都是德拉克洛瓦的作品。

15 尙─奧古斯特─多明尼克．安格爾（Jean-Auguste-Dominique Ingres，一七八〇─一八六七），法國畫家。

要能讓人「賞心悅目」，後者則自豪地主張：「素描是藝術的眞誠表達。」亨利和蒙娜曾經過這兩位巨匠的爭執，卻沒有駐足。習作畫〈獵獅〉可以彌補這個錯過的機會，但這僅僅只是一幅習作畫。儘管這件作品非常有趣，但亨利還是選擇了另一件，他帶著蒙娜來到一幅很大的畫作前，尺寸爲一百六十公分乘以兩百五十公分。

構圖的中央懸掛著一名男子的半身像，主導著整個畫面。他大約五十歲，儀態高貴，甚至可說是傲慢的，臉上留著一小撮鬍子，目光朝向畫作的右方。這幅肖像畫掛在室內的中性背景牆上（除了幾條不顯眼的淡紅色線），金色的畫框樸實無華。在這幅畫中畫底下，一張小圓桌上擺著一束粉色的花。尤其是有十個人整齊地排成兩排，他們清一色是男性，外貌很相似，最年輕的（甚至還不到三十歲）和最年長的最多相差二十歲。每個人的衣著都很優雅、簡潔，但還是有一些變化，這使整體更具活力感。有一位的脖子上綁著蝴蝶結，隔壁那位則打了領帶。還有一位模特兒的肩上披了一條圍巾，另一名則舉著蓬鬆的小皺褶布袋。總之，這個團體散發出一種在都市與文學生活上的統一風格，同時隨興的髮型和自然的姿勢又帶有一絲波希米亞的味道，他們的眼神極為專注而有力，十個人裡面有七個是正面注視的。後排有兩對人，分別位於中央肖像畫的兩側。前景有四個人坐著，中景從右邊數來第二位模特兒因為站著而格外顯眼，他那一頭火紅的頭髮比同伴們的更蓬亂，背心外的外套敞開，他打著淡紫色的大花領結，一隻手插在口袋裡。左邊數來第三名男子手裡拿著一根枴杖，雙腳撐著身體，他側著身子，但轉頭面向觀眾，十分有威嚴，身著全黑的服裝。相較之下，他身後的年輕男子穿著寬鬆亮白的襯衫，端坐在椅子上，手裡拿著一個調色盤，上面沾了幾種顏色。

蒙娜檢視這些人物，他們聚在一起，爲的是向一位缺席者致敬。在這種讓人想起祭壇畫的布局中，缺席的那位就像神一樣。她明白這位缺席者就是歐仁・德拉克洛瓦。因此，她祖父確實帶她去認識他，但他是當天的繪畫主題，而不是畫者。

「德拉克洛瓦於一八六三年過世時，」亨利開口道，「將一大部分的藝術史帶入墳墓：他體現了浪漫主義，爲藝術帶來入極大的自由，但代價是無數的醜聞。死後成爲英雄的他，一開始卻被視爲繪畫界的惡童，但大多數圍著其肖像畫以示崇敬的人已經不記得這件事了，這些人甚至不是一八二〇年代出生的。當時他被形容爲『野蠻醉漢』，並認爲他是這些『塗鴉作品』[16]的始作俑者。」

「那個穿白襯衫的，他好像還是個年輕男孩。既然他拿著調色盤，他就是畫這幅畫的藝術家，對吧？」

「沒錯，他就是亨利．方坦－拉圖爾，人稱『方坦』。他只有二十八歲，但是天賦極高。他把自畫像塞進前景的左側，在旁邊畫了九名同伴，還在上方放了德拉克洛瓦的人像畫。我們可以說，這幅人像畫是一幅畫中畫，是藝術呈現中的呈現。但是啊！沒有任何的油畫肖像是以這種方式來呈現德拉克洛瓦的。事實上，方坦是根據一張照片來想像他的……」

「但是，爺耶，」蒙娜指著構圖前景右側那些坐著的人，繼續說：「看看這個人的皺紋，還有那個人的白髮。他們都是老人嗎？」

「在我看來，他們沒有妳以爲的那麼老！但事實上，他們是團體中最年長的，這兩人生於一八二一年。第一個人雙臂交叉，目光直視，這是很有影響力的評論家尚弗勒里[17]，他是公認最堅定的庫爾貝寫實主義捍衛者，但也寫過非常有原創性的書，其中包括貓的歷史，妳能想像嗎？另一位愛貓者就是詩人夏爾．波特萊爾，他是德拉克洛瓦的超級崇拜者，他的嘴唇緊密且無聲，似乎在哀悼。波特萊爾向這位藝術家致意時寫道：『爲了我們這個世紀的榮耀，還有誰能把這個神祕的「妙不可言」詮釋得比德拉克洛瓦更好？它是不可見的，它是不可觸知的，它是夢想，它是命脈，它是**靈魂**。』」

「好的……」（我們還記得，蒙娜喜歡這樣回應太艱澀的評論。）

「把德拉克洛瓦描繪成一位受人尊敬的長者，是徒勞無功的，因爲圍繞在他身邊的這些人似乎並不是眞正的追隨者或門生，這就是當時的評論家指責這幅畫的原因。我跟妳解釋一下，前景最左邊坐著的那位是杜蘭蒂[18]，他是《寫實主義》月刊[19]的主編，也是庫爾貝的合作者。站在他後面的是藝術家路易·寇迪耶[20]與阿爾方斯·勒格羅[21]。看看畫框最右邊，又是一位沒什麼名氣的畫家，他叫阿爾貝·德·巴勒華[22]。我們還能認出菲利

---

16 Tartouillade

17 尙弗勒里（Champfleury）是 Jules Francois Felix Fleury-Husson（一八二一—一八九八）這位法國藝評家暨小說家的筆名。

18 杜蘭蒂（Louis Edmond Duranty，一八三三—一八八〇），法國藝評家暨小說家。

19 journal *Réalisme*

20 Louis Cordier，一八五三—一九二六。

21 Alphonse Legros，一八三七—一九一一。

22 Albert de Balleroy，一八二八—一八七二。

克斯・布拉格蒙[23]，他完全被推到背景那裡，幾乎被遮住了，這是一名傑出的雕刻家，是波特萊爾的朋友。我們還可以看到美國人惠斯勒側身站在方坦旁邊，他的臉非常貼近德拉克洛瓦的臉。惠斯勒決心顛覆繪畫界，而且他做到了，但他處理的是現代社會、城市和日常生活的議題，這似乎與浪漫主義的抱負相反。再說，這幅畫裡的人物姿勢和顏色都缺乏活力，一點也不浪漫。到處都是棕色、灰色、栗色。」

「可是你忘了還有花束。」

「是的，由於它讓整個視線延伸至德拉克洛瓦的肖像畫，所以格外重要。此外，方坦日後也會成爲一名偉大的花卉畫家。但是，如果說他能在歷史上留名，首先那是因爲他描繪的藝術生活群像。後人尤其要感謝他畫了〈桌子的一角〉[24]，因爲，很幸運的是，他在保羅・魏倫[25]一旁畫了當時還默默無聞的少年亞瑟・韓波[26]。但是，將方坦簡化爲只有紀錄片的功能，是不公平的。他的畫作遠遠不只向我們提供當時的文化生活。妳對這幅畫本身有什麼看法？不是它呈現了什麼，而是它的顏料、它的筆觸是什麼？」

亨利全神貫注聆聽蒙娜的回答。他比以往更確信他孫女的話語中藏著一個祕密，而且他還注意到這個孩子對繪畫材料已經有了一種高度的敏感性，無論這種敏感性是否能賦予所有的創造物一種血肉、相關性、甚至是在世界網絡中的必要性。由於她越來越能意識到自己的用詞，而且與祖父一起度過的這段時光深深地影響了她，她注意到「表達手法」（她說的是這個詞）既「寫實」又「模糊」。他糾正了「模糊」這個用語，因爲他感覺蒙娜的眼光以及詮釋其微妙之處的詞彙，正以一種異常迅速的方式形成。因此，與其用「模糊」，他更喜歡「暗示」這個詞。小女孩欣然接受了大人的這個要求。

「現在，蒙娜，妳有看到方坦－拉圖爾在畫中描繪德拉克洛瓦的比例嗎？」

「完全就像他還活著一樣。」

「的確如此。因爲方坦認爲德拉克洛瓦還活著，而這正是這幅畫要告訴我們的：死者沒有離開我們，沒有拋棄我們；他們和還活著的人一樣重要。一八五〇年至一八六〇年這段時期，人們熱衷於通靈術與奧祕信仰，相信能繼續與已故者保持聯繫、呼喚他們、讓他

23 Félix Bracquemond，一八三三—一九一四。
24 *Coin de table*
25 保羅．魏倫（Paul Verlaine，一八四四—一八九六），法國詩人。
26 亞瑟．韓波（Arthur Rimbaud，一八五四—一八九一），法國詩人。

們與我們同在。這跟今日那種民俗娛樂完全不像，當時我們深信亡者的魂魄飄蕩在生者之間，白日守護著他們，夜晚陪伴著他們。」

「如果我理解得對，他們對模仿德拉克洛瓦的繪畫顯得有點無所謂；他們想要的是敢於像德拉克洛瓦那樣冒險。」

「妳都明白了：那些逝去的前輩並沒有要求我們要遵守他們所做的；他們只是告訴我們要配得上他們曾經的存在。」

蒙娜花了很長的時間在思考這句話，她感到胸腔湧出一種存在的感覺。但亨利用輕快的語氣繼續他的評論，打斷了她初生的困惑。

「我跟妳說過，德拉克洛瓦曾身陷醜聞，但最終仍獲得了全世界的景仰。他開始擔任評審，尤其是官方沙龍的評審。然而，在一八五九年的某一天，這個著名的遴選評審團收到了一名男孩送來的畫作，畫的是一位看來容光煥發的醉漢，腳邊放了一瓶酒，那就是〈喝苦艾酒的人〉[27]。所有的評審都認爲這幅畫很粗俗，並拒絕接受它。只有一個人例外。」

「德拉克洛瓦，我打賭！」

「就是他。更讓評審團其他成員感到驚訝的是，這件作品有非常濃厚的寫實主義色彩，這與他假定的信念是相反的。但德拉克洛瓦看出了這件作品所有的表現力。他一點也不擔心他的浪漫主義道路是否會被追隨；不！他最想要的是他的反叛精神能在新的世代中獲得延續，而顯然地，這幅醉漢畫的作者並不缺乏這種精神。」

「那是誰啊？」

亨利慢慢地圈住右邊唯一他沒有提到的身影。那個人有著蓬亂的金髮與鬍鬚，雙手插在口袋裡，打著一條領結。

「就是他。」他說，就像我們在唱名一位獲選者一樣，「愛德華．馬內。」

「馬內。」孩子輕嘆了一聲，這個名字聽起來很像「蒙娜」。

「爺耶，我們去看他的畫！」

「不，這要留到下一次。但我以世上所有美好的事物向妳發誓，我們會去向他致敬。」

他們離開奧塞美術館，越過塞納河。四月悄然萌芽，巴黎人隱身在杜樂麗花園的草叢裡聊天、野餐。春天的音樂在空中飄蕩。

27 *Buveur d'absinthe*

22

羅莎・博納爾

動物與你平等

22

Rosa Bonheur

L'animal est ton égal

這一次，馮．奧斯特醫師依照約定，脫下小兒科醫師的工作袍，拿起了催眠治療的用具。既然經過無數次的測試，仍無法解釋蒙娜暫時失去視力的原因，他希望試著讓她進入第二意識狀態，讓她能透過心靈深入這個神祕疾病的根源。蒙娜已經準備好要進行催眠，來面對那近乎謊言的祕密。儘管她的母親和醫師都以爲她能接受催眠，是因爲她每週三與心理醫師的會面，但實際上是反覆觀賞藝術作品爲她開闢了這條道路。

馮．奧斯特讓孩子坐在一張非常柔軟、有寬大扶手的皮革椅上，並要求她仰起頭來。他在她後方約十公分處伸出手，用一種隱形的流體將她的肩膀包圍起來，同時用非常平靜的聲音反覆要求她放鬆，想想她喜歡的音樂，然後在腦中將每個音符分開並一一拉長，彷彿聲音在無限延展。接著，他邀請她花幾分鐘的時間專注於自己的四肢末端，然後他將三隻手指頭放在她的額頭上，重複告訴她，她的眼皮「沉重且緊閉、沉重且緊閉……」。小女孩的睫毛像蝴蝶般迅速顫動。

馮．奧斯特讓蒙娜進入一種轉換的意識狀態，柔和且寧靜。他不希望在第一次治療時就強迫她回憶。與其引導她再次回到病症發作的痛苦時刻並探索其細節，不如建議她思考一些非常正面的情感。醫師的方法是讓大腦習慣召喚令人安心的意象，以防下一次治療時，萬一過於負面的念頭占了上風。他把這個稱爲「避難意念」。

蒙娜感到被一陣美妙的酥麻感包圍。斷斷續續的灰色和白色引起了她的注意，就像未曝光的電影膠卷在一場不確定的夢境中展開。儘管醫師的聲音聽起來很淸晰，但對她來說卻顯得很遙遠。隨著逐步引導她想起所愛的人，她對母親和父親的感受也越來越強烈；接著，對她祖父的印象以一種模糊且不受所有具體軼事影響的巨大形式顯現了。蒙娜讓自己沉浸在這種氛圍裡。她飄浮在一個虛無之地，沒有字詞，只有抽象的感知穿越其間。

接著，在毫無預警的情況下，某種絕對巨大的東西出現了，那是一種超越時空的存在。「那些妳所愛的人」，聲音繼續暗示著，就像是一個咒語。蒙娜的心靈被撼動了；她感覺內心湧起一股無法計量的感受，交織著溫柔與悲傷。兩根手指彈了一記響聲，她睜開眼睛，馮．奧斯特對她微笑。

直到睡前，她的感覺一直出奇地好，但是不知道該想什麼，也不知道該怎麼告訴父母她所經歷的事情。當她母親來替她蓋被子時，她只問了一個問題：

「媽媽，總有一天，妳會想跟我談談奶奶嗎？」

*

進入奧塞美術館的中央畫廊時，樓梯腳下有一隻巨大的青銅獅子屹立在厚重的底座上，給蒙娜留下深刻的印象。

「這是安托萬—路易．巴里[28]的作品。」她祖父輕聲說道，然後補充說這位雕塑家經常光顧植物園附設的百獸園，並於十九世紀上半葉在義大利重振了動物藝術。他感到蒙娜興奮得頓足。動物世界，特別是當牠們又圓又可愛的時候，對她而言彷彿是一個歡騰的伊甸園。今日課程正好是這個主題，但是爲了抵達目的地，亨利避開了大型食肉動物過於英勇、寵物貓狗過於可愛的場景。他要與蒙娜一起去看更平凡的牛群……

這件作品是全景式的，犁頭耕過的犁溝貫穿了整個畫面。天空的藍色漸層完美融合在一起，散發出寒冷的晨間微光，占據了約一半的畫面。兩隊套著挽具的牲口緊緊相隨，牠

[28] Antoine-Louis Barye，一七九五—一八七五。

們的組成非常相似：六頭牛拉著犁，由農夫操控，放牛人則用一根趕牛的帶刺長竿照看著牠們。構圖左側的丘陵起伏，山坡上樹木繁茂，兩個屋頂從樹林裡冒出來，鄉村提供了一個開闊的翠綠背景。整個場景看起來略微傾斜，以致於犁過的田埂不再是平行的，而是在構圖左側的畫框外交會成一個點，正好在地平線的下方。這個過程產生了一個透視角度，使得這些角色隨著逐漸向右移動而顯得越來越大、越來越近，這給人的印象是翻過的土壤形成一個略微向上的斜坡，就像平原上的假平面。套著軛具的牲口隊伍被分成平行的兩排，每排三頭牛，牠們幾乎都有乳白色的皮毛。遠處那隊牲口看起來有點擁擠，而前面那一隊則清晰可見，尤其是右邊那三頭牛的側影，牠們正在行走，嘴唇邊還沾著白沫：領頭的動物是深米色的，殿後的那隻是紅褐色的，是畫中十二隻動物中唯一的例外，走在中間的那隻即使不是主題，至少看起來也是這件作品的核心。牠稍微轉頭看向觀眾，似乎流露出哀憐的目光，牠剛剛應該是被穿木鞋的同行年輕牧牛人用長竿戳了一下。

蒙娜花了二十五分鐘仔細地察看每個細節，尤其是淺色調的細微變化，這些顏色讓動物的皮毛顯得栩栩如生。不過她也察看了耕地上一道道的犁痕，這塊被草地包圍的耕地有著明亮的栗子色。「啊！」蒙娜感到內疚，「爺耶要我明智地看畫，結果我在想《巧克力冒險工廠》裡威利・旺卡[29]的巧克力河！」她的口水都快流下來了。這幅〈內維爾的耕作場景〉也許是一個鄉村場景，就像庫爾貝的〈奧南的葬禮〉，但是有鑑於主題、尤其是畫面的處理方式，所以氣氛完全不同。庫爾貝尋求的是爛泥與灰燼帶來的晦暗與不透光的強度，而羅莎・博納爾的畫作則想要透過光澤效果與犁溝的凹凸變化來勾起食慾，因爲這些大型結塊的確看起來很像可可。

「這個嘛，蒙娜，」亨利終於開口了，「我們再次面對一位偉大的女性藝術家。」

「我看到她的名字了，而且我覺得這名字太棒了。羅莎・博納爾[30]！」

「十九世紀時，各領域的認知都發生巨大的變動與變化，而羅莎・博納爾正是這些劇變的代表人物。她歷經了典型的社會上升：一八二二年出生在一個樸素的家庭，原本注定要成爲一名裁縫，但她十三歲的時候，就在母親過世後不久，她開始轉向繪畫。由於家裡

---

29 威利・旺卡（Willy Wonka）是《巧克力冒險工廠》（*Charlie et la chocolaterie*，二〇〇五年改編自同名小說的電影）裡一位古怪的糖果製造商。

30 她的姓氏博納爾（Bonheur）在法文中是「幸福」的意思。

缺錢，家人將她母親葬在公共墳墓裡。她父親本身也是一名藝術家，由他親自教導她，而她發展了自己的職業生涯，最終獲得全世界的認可，尤其是在美國。爲了開闢自己的道路，她必須展現非凡的堅毅性格，毫不屈服地對抗所有人們的偏見。」

「人們？你是說男生還是人類[31]？」

「兩者都是！雖然她是女性，但她留短髮、抽雪茄、穿長褲，這是需要『變裝許可』的！她沒有結婚，而且與其他女性一起生活。她反抗人與人之間的各種階級制度，包括性別、社會階層、城市或鄉村的地理環境。然而這幅畫呈現給我們的東西更多……」

亨利用溫柔且低沉的聲音說著，但蒙娜沒有待在他身邊，而是溜到畫前。她背對著畫，面向祖父努力挺直身子，這樣一來，她的臉就與兩隊牲口之間的空隙重疊在一起了。然後她做了一個可愛的動作，微笑著揚了揚眉毛，舉起一根手指，像是要求發言一樣，似乎是在說：「我可以說一句話嗎？」

「欸，爺耶，這又是一幅描繪鄉村生活的偉大畫作，跟農夫有關。而且還有他們的動物，他們一起占滿了整個畫面。那是因爲藝術家想要呈現鄉村的美，以及我們在那裡找到的一切，例如山丘上的樹木、田野，在那裡工作的人，還有……」

她遲疑著。

「嗯，蒙娜，還有什麼？」

「看來還有一些動物。」

「眞的嗎？當牠們唇邊涎著口水時，妳還會這麼說嗎？」

「啊，會啊，爺耶，一方面，牠們確實在流口水，再說這些是牛，而牛，那個……要說牠們眞的很漂亮，這還是有點困難，但我覺得牠們確實是……。但我可能是錯的……」

「完全沒錯，而且羅莎·博納爾跟妳有相同的想法。在她眼裡，動物的美跟人類的美是相當的，她非常喜愛牠們。這幅畫完成後幾年，她靠著自己的才華賺了很多錢，在巴黎買下一間大工作室，還在楓丹白露的森林旁買了一座城堡。她在這兩個地方安置了一個名副其實的百獸園，不但生活在馬匹、綿羊、山羊、牛隻、貓咪、狗兒和鳥類之間，也有犛牛、瞪羚，甚至還有馴獸師送了她一隻公獅和一隻母獅！」

「那麼，這是說，比起人類，她更喜歡動物嗎？」

31 「homme」這個法文字，可以作爲「人」（不分男女）的統稱，或是單指「男性」。

「我對此一無所知，但這是有可能的。某天，她宣稱：『總體來說，人類是不如動物的。』而當我們檢視她畫動物的方式，會發現她並沒有試著以人爲的方式讓牠們更接近我們；她尊重每一隻動物特有的表達強度，包括牛隻在內。看看牠們，牠們占據了整個畫面，而在景深中陪著牠們的牧牛人，他們的體型都不大，處理方式也很簡單，筆觸統一，缺乏變化。相反地，她把內維爾的夏洛萊牛[32]皮毛畫得很細緻。看看這些皺褶和陰影；奶油色、米色和栗色的細微差異；毛皮的生硬、捲曲和磨損。羅莎·博納爾賦予了這些牛隻堂堂儀表和威嚴感。我們必須說，她花了大把的時間在觀察牠們，這些動物不僅在她騎馬穿越的鄉村裡，也出現在羅浮宮的展覽牆上。因爲她不僅是她出身的這個鄉村世界的繼承人，也是動物繪畫傳統的繼承人。」

「但是在畫中，我們感覺到這些可憐的動物很累；這讓人覺得這項工作很辛苦，重複又重複，而且會持續很長一段時間。」

「是的，這種工作的印象特別會因爲我們所謂的消失線而更爲誇大。妳看，這些線交會成一個點，構成了透視，並給人景深的錯覺。如果我們將這些犁溝的線條延伸下去，就會在畫作左側、在畫框之外交叉在一起。但在畫作右側，它們可以無限延長。羅莎·

博納爾這個非常特殊的構圖強化了在一條似乎略微上升且無止境的路上，堅持完成工作的感覺。」

蒙娜曾經將這一條條的翻土溝渠聯想成巧克力河，現在她明白了它們的悲愴性，那就是這些生物辛勤勞動，是爲了使田地肥沃並養活整個社會。不過她的祖父淡化了對博納爾作品的哀傷解讀，這位藝術家擅長在田野生活的艱辛和田園風光的清新與明亮之間，找到完美的平衡。這幅畫讓人想到例如喬治・桑[33]在《魔沼》中的描寫，這本小說出版於一八四六年，比〈內維爾的耕作場景〉在沙龍展出獲得好評還要早三年，這或許也給了藝術家靈感。但是蒙娜特別著迷於畫中的一個細節。

「爺耶，你還記得你曾跟我說過，在根茲巴羅的〈公園裡的對話〉裡，那個看著我們的女性嗎？」

「是的，她是……」

32 法國的夏洛萊牛（Charolais）生長快速、肉量多、體型大，其種牛因而深受世界各國的歡迎。

33 喬治・桑（George Sand，一八〇四—一八七六），法國作家暨文學評論家，她的愛情生活、男性穿著與男性化的筆名在當時頗受爭議。《魔沼》（*La Mare au diable*）是她的田園小說代表作。

「等一下，」蒙娜打斷他，「我想要自己找出那個字眼！你跟我說她是一名『女指引者』。」（她細細品味發出的每一個音節，以免破壞了這個美妙且講究的字眼。）

「妳的記憶力過人，蒙娜。」

「在羅莎．博納爾的畫作中，正是這隻牛（她指著在最顯眼的那隊牲口中，位於中央的那頭牛）用牠那隻巨大的眼睛在看我們。」

「所以牠扮演著指引者的角色，沒錯。我們常常說牛的眼神空洞，彷彿牠們既沒有智力，也沒有意識。爲了打破這種老生常談，藝術家在眼白上畫出驚人放大的黑色瞳孔。這是在要求我們的注意、我們對畫作的參與、我們的同理心。這就是這件作品的意義。」

「爺耶，如果有誰傷害動物，我也會對他做一樣的事……。再說，當爸爸跟媽媽沒那麼管我的時候，我就只吃蔬菜。」

「或許妳會想要加入動保會，就是動物保護協會？十九世紀的時候，這個協會在英國、荷蘭和巴伐利亞蓬勃發展，並於一八四五年被引進義大利和法國。羅莎．博納爾就是協會的首批成員之一。」

「但是爺耶，你覺得，說我們喜歡動物勝過人類，這樣好嗎？」

「我再跟妳說一次，蒙娜，人們應該有權利去思考和完整說出他們想說的一切。除此之外，我無法以其他方式回答妳的問題。但我可以確定的是，長久以來，動物一直被輕視，被視爲機械化的低等生物，必須服從人類的需求，卻沒有獲得絲毫的敬重，而且常常成爲人類殘酷行爲的犧牲品。從十八世紀起，一些哲學家，例如法國的盧梭和英國的傑瑞米·邊沁[34]，他們都將動物形容成『有感知能力的生物』，這意味著他們想要重視牠們的痛苦，而且由於這種痛苦是無聲的，所以更具悲劇性。而這個呢，這就是一大進步，我相信羅莎·博納爾的繪畫促進了這種進步，這是值得肯定的。」

離開美術館時，蒙娜注意到所有在巴黎街道嬉戲的小狗，並想要以平等的姿態向牠們打招呼。亨利被逗樂了，他調皮地向孩子指出，幾週前去參觀羅浮宮時，她的素食傾向可沒有阻止她吃掉兩個香腸三明治，但是這個星期三，她更想要一條巧克力河。

34 傑瑞米·邊沁（Jeremy Bentham，一七四八—一八三二），英國哲學家暨社會改革家。

23
詹姆斯・惠斯勒
母親是世界上最神聖的存在

23
James Whistler
Rien au monde n'est plus sacré qu'une mère

莉莉在學校裡變得很粗魯；父母離婚的消息讓她提早進入青春期，這可以從她的言詞和語氣中感覺得出來。她才剛滿十一歲，但已經展現出攻擊性和疏離感的特質，與童年歡樂的本性形成強烈的對比。她現在拒絕將書包背在雙肩上，寧可忍著不舒服，隨意地只用一條背帶掛著書包。儘管莉莉悄悄地把她各式各樣的東西弄皺、弄壞或割破，從紙手帕到眼鏡的鏡框無一倖免，但哈吉夫人仍密切關注著她那壓抑的暴力衝動。

生活中第一次感到不公平，往往都是與某個細節有關，其影響與引發的原因是成反比的。例如盧梭，他在事件發生五十年後，仍在《懺悔錄》[35]裡竭力宣稱自己在一場家庭糾紛中是無辜的，當時他被指控弄斷了梳齒。這件關於弄壞東西和無端懲罰的瑣碎小事，構成了這名未來哲學家生命中一個重要的部分，進而影響了整個歐洲的文學與政治思想。沒錯，在維繫現代民主政體的社會契約中，有一把斷裂的梳子……。然而，如果我們探究莉莉扭曲的內心，我們會看到什麼？當然是她父母之間早已消逝的愛情，以及她即將前往一個沒有婕德和蒙娜的國家。然而，那種真正讓她想將手中的一切都摧毀的不公平感並不存

35《懺悔錄》(*Confessons*) 是盧梭過世後，於一七八二年出版的自傳。

在，它只是隱約浮現，必須依靠蒙娜的洞察力才能察覺。

在製作學年末要展出的模型時，莉莉變得很生氣。她正在勾勒縮小版的廚房，卻一直卡在貓砂這個問題，覺得沒有足夠的空間擺放它。蒙娜突然想起她同學曾在操場上吐露說「我的貓，我不知道」牠是否會跟著去義大利。於是蒙娜問她搬家的時候，那隻貓該怎麼辦。莉莉沉默不語，只是撕著紙張。因此，蒙娜明白了，她朋友內心深處眞正無法忍受的，就是她的父母一點也不在乎。或許他們甚至已經決定了那隻貓的命運，打算把牠送走，或者誰知道會不會拋棄牠。莉莉所有的暴力行爲都隱藏在這個深淵裡，對「大人們」來說，這個深淵並不重要；對他們此時此刻的自私心態來說，貓的問題毫無意義，但這卻是他們孩子的災難，而且只有另一個孩子能看見這一點。

蒙娜突然想到一個主意。這個廚房模型毫無用處；必須想像的是莉莉在義大利的房間模型。要塑造她的願望，而非她的遺憾。那裡將會有什麼呢？當然會有一張她的床。一張爲婕德準備的雙層床，因爲她很愛睡在高的地方，還要給從不挑剔的蒙娜準備一張客用床墊。然後要有一張小書桌，還有很多櫥櫃⋯⋯。但最重要的是，蒙娜向莉莉建議，在這個模型裡應該有一個給貓用的籃子，一個漂亮的藺狀籃子，裡面要放鮮紅色的墊子。這個籃子意味著這隻動物就如同好伙伴。

「妳的父母，他們也許會分開，但是他們會壞到要把妳跟妳弟弟分開嗎？」蒙娜輕聲問道。

「也許不會。」莉莉安慰自己，並用盡全力擁抱她。

*

這個星期三，亨利向他的孫女解釋，他們與一位曾在奧塞美術館見過的人有約。

「馬內？」

「很接近了！」老人回答，「但不是他。」

在方坦的畫作中，參加聚會的藝術家裡有一個坐著的美國人，他就是詹姆斯．惠斯勒。

蒙娜記得他高傲的外表，所以她會發現這幅出自他手筆的大型肖像畫，其尺寸有點奇怪，略呈水平，幾乎是正方形的。

這名老婦人灰白的頭髮被收攏進一頂蕾絲帽裡，帽帶垂落至肩，她側身坐在一張樸素的木椅上，我們只能見到椅背的兩根纖細橫檔。她的下巴有幾道皺紋，顴骨紅紅的，眼睛睜得大大的，眉毛揚起，正凝視著構圖左側畫面外的一個點。她身著一件寬鬆的黑色連身裙，給人一種高大而莊嚴的印象，雙腳緊靠，穩穩地擱在木製腳凳上，只露出鞋尖。她交疊的雙手放在大腿上，手裡拿著一條手帕，白色的布料與蒼白的手指及袖子的淺色末端混在一起。這個姿勢確實很僵硬，但是從胸部到小腿的輪廓靈活地形成了一道曲線和反曲線。她周圍的一切都是灰色的——當然有細微的差異，但都是灰色的，沒有任何暖色調。模特兒緊鄰著一道淺灰色的牆，這道牆占了將近四分之三的畫面寬度，下方的護壁板是深色的。在作品的左側，就是其餘四分之一的部分，有一條繡花帷幔垂至地面，地上鋪著一條非常樸素的破舊地毯，顏料塗層非常淺，幾乎與木板地面融在一起。我們可以在帷幔的皺褶之間隱約辨認出一些圖案，包括幾條斜紋、幾個類似花瓣的斑點，還有一個花押字。稍微偏離構圖中心的高處，在帷幔旁掛了一幅橫向小畫，其中性的色調暗示著這是一幅以沙灘和建築物為背景的風景畫。

蒙娜結束長時間的觀察後，向她的祖父指出今日畫作的標題很奇怪，似乎拆成了兩個部分：「〈灰與黑的第一號編曲〉，又稱〈藝術家母親的肖像〉」[36]。

「惠斯勒用了『編曲』這個詞，這是一個音樂詞彙，他很習慣將這類詞彙放入標題裡。他曾說『白色交響曲』是他其中一名情人的肖像畫，『和聲』或『夜曲』則是在形容他的風景畫，色彩柔和且有透明感。」

「好吧，但是，爺耶，那名坐在椅子上的女士，她看起來很安靜；而且，抱歉喔，你說『有透明感』，可是你看她的黑色連身裙，很厚啊！」

「的確很厚。然而，這片黑色仍可讓我們品味色彩本身，讓我們感受這些色彩相互調和、轉變、呼應及對比的方式，而無須擔心它們所代表的是什麼。就像我們能陶醉於一段旋律。因此，這幅畫的樂趣來自於不同矩形的互動及其細微差異：地上有一條寬大的茶褐色橫帶，上方有棕色的護壁板。還有，作爲垂直對比，褐灰色的帷幔上點綴著不顯眼的黃色筆觸。而且，最重要的是珍珠色的牆面，它以四比三的比例占據了大部分的空間，也就

36 *Portrait de la mère de l'artiste*

是寬度比高度多出三分之一。有一則趣聞提到，這個非常賞心悅目、非常平衡的比例後來成爲無聲電影經典作品的比例，自一九五〇年代起也用在電視上……」

「你忘了畫裡還有另一幅掛在牆上的畫……。那是什麼？」

「那是惠斯勒本人的版畫，描繪的應該是泰晤士河，但輪廓被沖淡，呈現出由灰色、黑色和白色創造出來的陰霾氣氛，這件版畫營造出音樂般的朦朧氛圍。惠斯勒也從日本版畫那裡獲得很多靈感。日本版畫有個動聽的名字，叫做『浮世繪』，意思是『漂浮的世界』或『無常的世界』。當時，人們重新發現了亞洲文化，而惠斯勒最喜歡的藝術家是葛飾北齋，他是知名的〈神奈川沖浪裏〉的作者。因此，左邊的布料上蜿蜒羅列著像是花朵的圖案，帶有日本風格，這並不令人驚訝。這其實是一件和服改成的帷幔。」

「而且上面好像有寫些什麼，在上方，靠近邊緣那裡。」

「那個啊，那是他簽名用的蝴蝶……。妳要知道，在一八六六年，惠斯勒歷經了深刻的人生變化。他突然心血來潮，登船離開歐洲，前往世界另一端的瓦爾帕萊索[37]，與智利人一起對抗西班牙殖民者。終其一生，他從未解釋爲何自己會看似不理智地捲入這場對他來說毫無關係的衝突。這依舊是藝術家一生中最令人著迷的謎團之一！他回來後性情大變，從前的他充滿魅力又愛幻想，現在卻變得易怒、暴力、復仇心切。這隻蝴蝶，就是他脫胎變化的象徵。」

「可是他想要報復誰？」

「報復所有的人，尤其是他年輕時最欣賞的畫家和風格，也就是庫爾貝的寫實主義。」

「是那個畫〈奧南的葬禮〉的人。」

「就是他。惠斯勒曾是庫爾貝的模特兒兼朋友；現在他們成了敵人。惠斯勒認爲庫爾貝是導致他在美學上迷路的原因，他試著與庫爾貝劃清界線，並發展他在非物質方面的風格，遵循透納的道路。面對他日益空靈的技法，著名的評論家約翰．拉斯金[38]最後甚至指責他只會『把一桶顏料潑到大眾的臉上』……」

「唔，我啊，你知道的，這名穿黑衣服的女士讓我想到所有在〈奧南的葬禮〉上的女士！」

37 瓦爾帕萊索（Valparaiso）是智利的立法機關之所在。

38 約翰．拉斯金（John Ruskin，一八一九－一九〇〇），英國藝術評論家暨贊助家。

「我們無法輕易擺脫那些我們曾經景仰的人。」

「只是，惠斯勒看起來搞錯方向了！他應該要直接站在她面前畫她的肖像才對！」

「就像人們說的，他往旁邊退了一步。他沒有正面畫模特兒，而是挪到一邊，畫了側面。儘管這種視角上的改變很微小，但也是一種反叛，因爲藝術家們更習慣於探究臉部的表情來揭露人的性格；這裡就像是一個剪影，幾乎類似於一張貼上去的剪紙。」

「如果這是藝術家的媽媽，那麼我想他一定很愛她吧？」

「他非常崇拜她。他逃離瓦爾帕萊索後，就回到倫敦與她一起生活，因此，儘管這幅畫在繪畫和智識上如此具有野心，但我們可以更簡單地將這幅畫視作對其母親的愛的宣言。一八六〇年代初期，惠斯勒因爲畫了身穿白衣的美麗年輕女子肖像而開始嶄露頭角，白色象徵純潔，並爲生活帶來了清新感。十年後，他景仰的是身著黑衣的母親，這爲作品增添了一種虔誠且憂鬱的氛圍。這是他在她過世之前讓她永恆定格的方式。」

「她又老又病嗎？」

「不，她當時只有六十七歲，但十年後就過世了。惠斯勒不僅與她有非常強烈的情感聯繫，還透過對這幅肖像畫的依戀來加深這份情感，甚至到了不想跟這幅畫分開的地步。」

一直到一八九一年法國買下這幅畫，他才終於同意出讓。」

「等等，爺耶，你跟我說惠斯勒是美國人，他去了智利，然後他回到倫敦，而現在這幅畫在法國！」

「一八七二年，惠斯勒展示這幅畫的時候，英國人並不喜歡，他們對取景的大膽和蒼白的背景充滿敵意。至於美國人，直到一九三三年法國同意出借這幅畫，並在美國幾個城市巡迴展出時，他們才眞正發現它。這幅畫在那裡大受歡迎，美國總統小羅斯福[39]甚至親自選它來發行郵票，上面寫著：『紀念並向美國的母親們致意』。接著，在一九三八年，這幅畫爲賓州一座紀念碑帶來靈感，人們根據惠斯勒夫人的側面像塑造了一座青銅像，並安放在愛許蘭鎭[40]的山丘上，青銅像底下刻著：『母親是世界上最神聖的存在』。這件作品已經成爲孝心與尊重家庭價值的象徵。」

39 富蘭克林．德拉諾．羅斯福（Franklin Delano Roosevelt，一八八二—一九四五），他於一九三三年至一九四五年間，連續出任四屆的美國總統。

40 愛許蘭鎭（Ashland）位於美國賓州。

「每次我們看一件作品，爺耶，你都會跟我說：『這就是這幅畫要跟我們說的』。但是這一次，我很難知道你想說什麼。如果我明白你的意思，這幅畫是要跟我們說，母親是神聖的，是最重要的；它也要告訴我們，面對一幅畫，顏色比畫的內容更重要。哇，這兩者很不一樣啊！」

亨利對蒙娜的聰慧感到很震驚。面對這些作品時，他的孫女已經能非常精確地掌握這些課程的運作機制。如今，她已能夠預見作品的道德或哲學精髓。她用自己的話，從剛剛的今日課程中推理出兩個具體的藝術史概念。其中一個主要是「圖像性的」，致力於理解圖像所闡述的世界；另一個是所謂的「形式主義」，認爲一件作品就是一個自主的實體，不必過於關注外在的現實。

「最令人感到舒適的，」他繼續說道，「就是認爲一幅畫可以把這兩種意義都告訴我們……。但妳是對的，這兩種意義是相差很遠的。好吧，既然是我問你的，那就由妳來決定。這幅半『編曲』、半『肖像畫』的作品應該要告訴我們什麼？是所有的母親都是神聖的，或是繪畫首先是一個純粹的形式與色彩空間？」

蒙娜的心情動搖了。當然，她心中的小女孩立刻傾向於將這幅惠斯勒署名的人像畫視作對母親們的致敬。但是，由於她感受到智識上的要求，她覺得第二個選擇會比較成熟。因此，她準備要給出的答案並不是無足輕重的。這在她內心激起了一股意想不到的旋風。啊！她多麼喜歡祖父以成人的方式和她說話，所以她絕不能辜負這個將他們團結在一起的深厚信任。因此，這名專家意識到惠斯勒在藝術史上所代表的巨大轉折點，想說的話在她的唇邊徘徊了非常久，只不過這些經驗豐富且學識淵博的字詞只是浮現，卻沒有具體化或說出口……。從她嘴裡流出來話語是另外一回事。

「這幅畫要跟我們說的，」她天真地低語，「就是媽媽是世界上最神聖的。」

亨利沉默了。「可惡！」孩子想著，「爺耶應該是想聽我說形式和色彩。」但是「爺耶」在這個基本的仁善面前，卻感受到一股身爲祖父從未有過的幸福，他的身體因壓抑的情緒而顫抖。他怎麼這麼幸運，能有一個如此非凡的孫女？繪畫，首先就是愛。

24
茱莉亞・瑪格麗特・卡麥隆
生命在朦朧之中流動

24

Julia Margaret Cameron

La vie afflue dans les flous

雖然卡蜜兒聽不懂保羅的解釋，但可以確定的是他賺了一些意想不到的收入。爲了知道更多，她去了一趟舊貨店。蒙娜想要親自告訴她整件事，就帶她去開啟了這一切的小房間。幾個月前，她在那裡偶然發現了一個裝滿了鉛鑄彩繪小人像的箱子，她把其中一個人像放在店裡，這件物品引起了一名古怪的年長顧客的興趣。於是她將更多的物品展示出來，幾個月後，這名業餘愛好者回來了，還把所有的小人像都帶走了。後來，這位退休的高官又帶著一如既往的興致來了兩次，而且他承諾，只要能再進一些維爾圖尼家族的小人像，他就會經常來造訪。卡蜜兒沒有打斷蒙娜，她的表情相當疲倦，彷彿是在說：「你們本來可以先跟我說這件事的。」保羅接著說，這位客人雖然親切，而且沒有提出什麼問題，但他自己設定了價格並以現金支付。

他對這些小人像深感著迷，還用它們創作立體模型來重現自己過往的生活。爲了避免市場飽和，保羅和蒙娜商定每次只推出約十二個小雕像。但是盒子裡面有超過三百個小雕像，數量可觀，而且這些物件都不在庫存清單上，未被記錄的潛在價值爲一萬五千歐元，甚至可能達到兩萬歐元……。蒙娜看到母親疑惑地撇了撇嘴，就拿了幾個小人像給她看，有一名肥胖的站長、一位在課桌前的小學生，還有一名自行車騎士，這位騎士就像月光下身影無限延伸的于洛先生[41]。

「所以，」卡蜜兒嘆了一口氣，「你們都沒想過，或許我知道這個箱子是從哪裡來的？」

「啊，沒……」保羅回答，感覺很窘。「的確，我的小寶貝，我們應該要問問她……」

「假設這能讓你們知道，你們正在出售媽媽收集的小雕像……」

「『媽媽』？這是什麼意思，『媽媽』？是妳嗎？」

「不，我要說的是『我的媽媽』……柯蕾特。」

卡蜜兒搖了搖頭，小房間陷入一片寂靜。但是，這種不合宜的情況最終讓她的表情放鬆下來，露出一個悲傷但真誠的微笑。亨利的妻子，也就是蒙娜的祖母柯蕾特・維耶曼過世後，他們必須處理她的一些財產。當時亨利要求卡蜜兒取回這些小雕像，將它們放在某個地方，隨後便遺忘了它們。但是現在，它們再次浮現。

蒙娜覺得很羞愧，感覺自己做了一件不可挽回的蠢事。卡蜜兒立刻明白了，甚至在小女孩還來不及掉淚之前，就擁住了她。

「媽媽，我很抱歉。」蒙娜喃喃低語。

「別這樣，這並不重要。她會很高興她的小玩意兒可以流傳下去。這件事甚至會讓她大笑。好了，這樣做很好。」

「喔，媽媽，跟我說一點……」

「但是呢，蒙娜，」卡蜜兒打斷她的話，又恢復了不悅的神情，「別要求我談妳的祖母。還不是時候。」

*

在奧塞美術館的廣場上，一旦陽光灑下，閒逛者就會愉快地在阿爾弗雷德·賈克馬爾[42]雕刻的皺皮犀牛雕像旁逗留。這個星期三，正好有兩名年輕人站在這隻厚皮動物前，試圖用手機捕捉自己的身影。蒙娜認出他們是在羅浮宮遇見的那對情侶，她的祖父曾隨意

41 于洛先生（Monsieur Hulot）是賈克·大地（Jacques Tati，一九〇七—一九八二）自導自演的電影《于洛先生的假期》（*Les Vacances de monsieur Hulot*，一九五三）裡的角色。

42 阿爾弗雷德·賈克馬爾（Alfred Jacquemart，一八二四—一八九六），法國雕塑家。

跟他們聊了一下。她跑向他們，想要提供協助。

蒙娜和亨利受到「太不可思議了！」的熱切歡迎。孩子專心幫這對情侶拍完照片之後，年輕男子與他的同伴堅持爲祖孫倆拍張照片留作紀念，蒙娜圍著她的「爺耶」，興奮地跳個不停。亨利把她扛到肩膀上，小女孩揮舞著雙臂，他們一起疊成了一個搖搖欲墜的人塔，高達三公尺多。在他們背後，塞納河閃爍著幸福的波光，對一個孩子來說，皇家橋泛黃的石頭和羅浮宮德農館的記憶已經很遙遠了。這張照片非常出色，是導入今日課程的理想素材，因爲今天正是要介紹茱莉亞・瑪格麗特・卡麥隆於一八七二年拍攝的一張照片。

這是一張黑白的女子半身照片，只拍攝到肩膀。黑色主要來自深色的衣服，背景沒有任何顯眼的細節。白色部分是背景中排列的約二十條閃亮邊飾(顯然是花朵和葉子的圖案)，特別是頸部上方那張近乎完美的鵝蛋臉。她的頭部微微向後傾；下巴抬高，給人一種微微昂首的效果，不但為模特兒提供支撐，也賦予了一種高貴感。柔和、勻稱的輪廓特別能展現出曲線的韻律。從下到上，我們注意到淺色頭髮的圓弧輪廓，秀髮俐落地分開，並以細髮網收束在腦後；眉呈弓形，寬大的眼瞼微微隆起，幾乎是豐滿的；眼睛呈現出完美的圓形；在同樣圓潤的鼻子和緊實下巴之間的是嘴唇的輪廓。這名女子並未微笑，然而她那非常坦率的目光和纖細的嘴唇結合在一起，卻散發出一抹亮麗的光彩，下唇有類似繪畫筆觸的光澤。模特兒不是沒有情緒，但也不能被簡化為一個刻板的定義；無論是喜悅、憂鬱還是疲倦，我們都能在此投射出我們想要的。整體效果同時略帶顆粒感，彷彿被一層棉絮般的朦朧感所籠罩。

對蒙娜來說，注視這張臉龐比檢視一幅畫更痛苦，因爲她的思緒無法專注於細節或筆觸。但孩子還是注意到達克沃斯夫人相當美麗，因爲她巧妙地從植物圖案的背景中顯現，彷彿這個背景爲她提供了一頂巨大的花冠。

「這個啊，爺耶，我很確定這與手機相片是天差地別的！」

「觀察得很好，蒙娜，」亨利打趣道，「但是妳很難想像茱莉亞・瑪格麗特・卡麥隆必須花上幾個小時、甚至幾天的時間，才能拍出一張照片。在十九世紀，這是很了不起的成就，需要掌握光學和化學定律。」

亨利詳細解釋了攝影的歷史。他告訴蒙娜，大約在一八二六年至一八二七年間，法國人尼塞福爾・涅普斯[43]利用**暗箱**原理，將他從窗戶看到的風景影像記錄下來並固定到某個載體上，實現了這項非凡的成就。他向她講述了涅普斯和路易・達蓋爾[44]之間的傳承，前者在默默無聞中早逝，後者的「銀版攝影法」能精確呈現實景，還能保留其凹凸感、立體感與粗糙感。亨利補充說，精明的達蓋爾早在一八三九年就申請了專利，這讓他成爲攝影發明之父。但是他不喜歡自己搶了涅普斯的光彩，此外，他也非常欽佩這個發明過程中的另一名參與者，那就是英國人威廉・亨利・福克斯・塔爾博特[45]，因爲這名英國人在他確定了自己發明的方法幾週後，提出了一個具有雙重優勢的替代方法：塔爾博特的卡羅法是將影像固定在紙張上，這讓我們能取得負片，有了負片，就能從單一來源複製相片並調整其對比或亮度，然而銀版攝影法是將影像固定在一個堅硬的表面上，這種方法僅能取得一張獨一無二的照片。

蒙娜聽著，既困惑又著迷。

「啊，蒙娜，」亨利欣喜地說，「這位卡麥隆眞的是一位非常了不起的女性！她的父親是一名死於酗酒的紳士，她從父親那裡繼承了不屈不撓的生命力；她極富幽默感、聰慧、細膩、有教養，熟識當時英國社會最傑出的作家和哲學家。維多利亞女王[46]時代的社會，其道德標準和習俗非常的嚴苛，因此當她的丈夫前往遙遠的英國殖民地任職，而她的孩子們也都離家後，這讓她感到有些無所事事。一八六三年，她收到一台相機作爲禮物，她以驚人的精力去實驗這個設備的全部潛力，因爲這在當時是一個極其複雜的裝置！她還把她的木炭儲藏室與雞舍改建成一間眞正的工作室。最重要的是，她採用了一種方法，讓她的負片擁有無可挑剔的精細度和一系列非常美麗的灰色色調，特別是臉部所有的這些陰影、瞳孔周圍的虹膜細微差異，還有嘴唇的弧度。這個方法就是『濕膠棉印相法』[47]。」

「又是一個對我來說太複雜的詞，爺耶！」

---

43 Nicéphore Niépce，一七六五—一八三三。

44 路易．達蓋爾（Louis Daguerre，一七八七—一八五一），他於一八三九年發明了銀版攝影法（Daguer-réotype），其專利由法國政府取得並予以公開。

45 威廉．亨利．福克斯．塔爾博特（William Henry Fox Talbot，一八〇〇—一八七七），他發明的卡羅法（calotype）於一八四一年獲得專利。

46 Victoria，一八一九—一九〇一。

47 Collodion humide

「也許，但是這比爲了達到此一結果而必須進行無數的化學操作還要簡單。在獲得一張成功的照片之前，會經過上百次的失敗！」

「其實，這就像是在當時，畫一幅畫比拍一張照片簡單，而今天，好像是相反的！」

亨利從未如此簡明地思索這兩種媒介之間的競爭，但是這個評註讓他有機會告訴蒙娜一場發生在十九世紀的重大辯論：攝影應該被視爲技術還是藝術？孩子皺著眉頭，覺得祖父又要開始進行詳細的解說，於是她努力集中注意力。

「妳要知道，蒙娜，在卡麥隆的時代，許多人認爲攝影無疑是一項革命性的技術，但僅僅是一種簡單的機械操作。他們認爲人類的手和心靈在此介入的程度太有限，導致圖像只能盲目地反映現實，無法提升至任何理想化的形式。詩人波特萊爾甚至聲稱攝影會扼殺想像力，但是卡麥隆相信她能夠與繪畫競爭。她在許多作品中創作了小型的神話故事和寓言，讓人聯想到她那個時代被稱爲『前拉斐爾派』[48]的英國繪畫。這個畫派深受莎士比亞戲劇和維多利亞文學的啟發，畫作充滿了融入花叢的夢幻少女。即使達克沃斯夫人的這張照片只是一幅肖像，但那些環繞著模特兒溫柔、靜謐、白皙臉龐的花瓣和植物依然符合這種風格。」

「我承認這是繪畫，爺耶，但它得在缺乏顏色的情況下完成！」

「這就是關鍵了。由於卡麥隆以及歷史上所有的首批攝影師都缺乏這項基本工具，因此，除了構圖，她在取景和沖洗時還會特別處理光線與清晰度。」

「但照片是朦朧的。」

「我表達得不好，我應該說她處理的是『清晰度不足』。她需要一個完美無瑕的環境，以及充分準備的器材，尤其是要將膠棉塗在感光片上以捕捉光線。她的模特兒也必須在持續好幾秒的長時間曝光中保持靜止。在這個過程中，最微小的意外都可能引發振動，使形狀變得模糊。然而，正是這些意外，在某些情況下讓她欣喜，並賦予主體一種比單純記錄現實更具個人化的美感和表現性。所以，她追求的不是修正，而是掌控意外。」

「而我確信你會跟我說那個時代的人討厭她的照片……」

「不誇張地說，在專家和攝影師的圈子裡，人們注意到卡麥隆對焦時缺乏嚴謹。這種批評讓她感到受傷，但她仍堅持下去。而且，透過達克沃斯夫人臉部極細微的律動，還有

48 前拉斐爾派（Préraphaélite）這場藝術運動誕生於一八四八年。

也許是空氣的細微擴張、稍微提前中斷的顯影時間，輪廓就變得朦朧。因此，目光的灰色調、蓬鬆的秀髮和罩著秀髮的髮網、顴骨和臉頰，以及環繞著模特兒的花朵，這些都會被強調出來。這張照片的朦朧性就如同迴響在教堂裡的音樂。它在此失去了精確性，卻贏得了深度和抒情性。」

「好，但是這張照片，如果它是清晰的，可能還是一樣美，甚至會更美。」

「在我看來，如果達克沃斯夫人的肖像精確得無可挑剔，就會像刀刃一樣銳利，從而限制了魔法的力量。它就像是被籠罩在一種能揭示模特兒靈魂的超自然光暈裡。英國人有一個美麗的說法，叫做『*bigger than life*』：這就是這張照片要告訴我們的：在朦朧之中，有某種比生命更偉大的東西在流動。卡麥隆於一八七九年去世，未能見到幾十年後眞正確立藝術攝影地位的運動誕生，這場運動更注重啟發性，而非準確性。我們稱爲『畫意攝影主義』[49]，這個詞來自拉丁文 *pictor*，原本是『畫家』的意思，就好像攝影師以自己的方式成爲畫家一樣。」

「爺耶，你忘了告訴我照片裡的這位達克沃斯夫人是誰。」

「她原名茱莉亞・傑克遜[50]，是卡麥隆非常疼愛的外甥女，也是她的教女。她因爲極爲美麗，所以當時經常成爲大師的模特兒。後來她成了一名女作家的母親，這位作家在二十世紀時有一個很自豪的想法，就是挖掘並出版她的姨婆卡麥隆完全被遺忘的攝影作品。沒有這名女子的貢獻，我們就永遠不會有機會欣賞這幅攝影作品中的〈蒙娜麗莎〉。」

「這位女作家叫什麼名字？」

「她叫維吉尼亞．吳爾芙[51]。」

「維吉尼亞．吳爾芙」，這個名字如此輕柔流暢，就像波浪的律動一樣，在蒙娜的腦海中與作品的無比舒適感交融在一起，但這時孩子卻突然驚慌起來：

「剛才我們完全忘了給住址！這要怎麼收到我在你肩膀上的那張照片？」

亨利發現蒙娜說得對，怎麼會發生這麼令人惱火的錯誤？他不知道該如何安慰孫女。小女孩的臉色變了，一想到失去那張祖父高舉著她、如陽光般的照片，她實在無法忍受。

---

49 畫意攝影主義（Pictorialisme）主導了十九世紀末和二十世紀初的攝影風格。

50 茱莉亞．傑克遜（Julia Jackson，一八四六—一八九五），達克沃斯（Duckworth）是她前夫的姓氏。

51 維吉尼亞．吳爾芙（Virginia Woolf，一八八二—一九四一），英國作家。

25
愛德華・馬內
少即是多

25
Édouard Manet
Less is more

蒙娜回到馮．奧斯特醫師那裡進行第二次的催眠治療時，向醫師回顧了第一次的經歷。這種潛入第二種意識狀態的經驗並沒有令人感到不快，但讓她有些吃驚，而且就在睜開眼睛之前，孩子感受到一種極其溫柔的存在，舒緩但悲傷。馮．奧斯特問她是否能給這種存在取個名字。蒙娜想要回答，當她以爲自己能明確表達出來時，但光想到那個人的名字，就讓她內心升起一股莫名的煩躁感，這讓她無言以對。馮．奧斯特向她保證，她不會受到任何傷害，也絕對不會有痛苦，而且這一次，他同樣只會邀請她想想她所愛的人。如果進展順利，那麼下一次回診時，或許他就能試著讓她重回失明前的幾分鐘，以便找出失明的原因。蒙娜覺得自己準備好了。她像火箭裡的太空人一樣，滑進柔軟的皮革椅裡。馮．奧斯特用三根手指輕輕按在她的額頭上，然後用以下的話來催眠她：「沉重且緊閉。」

這一次，她感到自己以極快的速度在隧道中移動，隧道的牆壁是由灰色和白色的區域交替而成的。她在那裡感到陶醉而且受到完全的保護。醫師的聲音就在那裡，囑咐她要想那些最能讓她感到舒適的事物。但是這個聲音從遠方響起，來自她在這條虛構的通道盡頭只能瞥見的一個細微小點，而她正全速穿越這條通道。馮．奧斯特的話語最終消失，取而代之的是一連串的感覺，首先是抽象的，接著越來越具體。蒙娜的心靈脫離了隧道，此刻跟「爺耶」、爸爸和媽媽一起沐浴在絕對幸福的感覺之中。她看見他們、聽見他們在說話、甚至聞到了祖父的古龍水味道。但是在這些身影之中，還有一片難以捉摸的浮雲。而蒙娜的心靈知道，是否要捕捉這片浮雲，全都取決於她自己。她尤其感覺那裡彷彿是一個巨大的謎團，世界上最美麗與最不幸的祕密都在此凝聚。這讓人能在所有最崇高與最悲慘的層面都感受到生命。也因爲瀕臨死亡，所以對生命的感受就更爲強烈。蒙娜的心靈懷著勇氣，下定決心要靠近。這個心靈準備要離開童年這片大陸，卻感覺倒退回幼年，回溯至意識深處的嬰兒時期，那是深不可測的朦朧時光。然後那片雲慢慢成形了，就像幾片拼圖小心翼翼地湊在一起。柯蕾特浮現在蒙娜心裡。她在孫女的床邊，一頭銀髮總是盤成髮髻，前額顯示出高貴與堅強，雙眸彷如月光，嘴角始終掛著微笑。她輕撫著蒙娜的手，平靜溫柔地跟她說：「再見，我親愛的。我愛妳。」馮・奧斯特彈了一下手指。

「奶奶，奶奶……」孩子輕輕嘆了兩聲。

*

蒙娜實在難以克制自己。抵達奧塞美術館附近時，她開始窺伺每一個路人，尋找上週為她和祖父拍照的年輕人。她以貓的敏捷捕捉並辨識每一張臉，很快地，她就注意到那兩個人並沒有在廣場上閒逛。再說，為什麼這兩個人要回來這裡？回到這裡並沒有太大的意義。一進入美術館裡，亨利就高興地喊著，今天他們將去向馬內致敬，就像四週前他在方坦的畫作前所做的承諾一樣。小女孩心不在焉地點點頭，然後堅持不懈地繼續那個不太可能的搜尋。她的目光四處遊蕩，辨認著來訪的人群：一張臉接著一張臉、一個背影接著一個背影，左、右、前、後。接著，就在她的背後，一個驚喜正在靠近。

「啊！爺耶！」她突然喘著氣叫道，「我不敢相信！你看！」就在他們身後約十公尺處，一名女士似乎是在追隨他們的腳步，是那位依舊披著綠色披肩的女士，他們曾在羅浮宮遇見過她，就在提香的〈田園音樂會〉前面，接著是在卡納萊托的〈從聖馬可灣看堰堤〉那裡……。亨利聳聳肩，因為他們已經來到一幅很小的畫作前，這張畫就掛在一面大牆上。

我們本來可以將這件作品簡述成一根放在桌上的蘆筍。這並沒有錯，但無法說明這個缺少地平線與動態處理的取景有何特殊之處。這是一個托盤的特寫，白色之中帶著些許的炭灰色，上面約有二十筆很明顯的水平條痕（或略微傾斜的條痕），右上角有一個「m」形的簽名。蘆筍橫向放在畫作下半部，呈對角線由左向右略微往下傾斜。白色的尾端有一小部分超出桌邊，紫色的蘆筍頭則在另一端翹起，穩穩地放在檯面上。檯面的邊緣穿過前景，形成一條從左下角開始向上約十度的對角線，直到垂直邊約十七公分處，然後在畫面底部約五公分的地方中斷。棕色的底部隱約可見，與整體的象牙色漸層形成了深色的對比。

「欸，爺耶，」蒙娜在看了這幅畫七分鐘之後開口，「我們都以爲馬內是個叛逆的人！而你帶我來這裡，只是爲了看一根蔬菜！更何況這是蘆筍，我覺得很噁心……」

「面對如此毫不起眼的東西，我承認我們很難想像馬內宣稱他正在與他的時代展開一場『殊死戰』！然而事實正是如此，讓我告訴妳爲什麼。這個出身社會上層的男孩生於一八三二年，他起初想要加入海軍，後來卻選擇成爲藝術家。妳還記不記得，他在一八五九年的沙龍展上遭遇了第一次挫折，當時他遞交的是〈喝苦艾酒的人〉，卻被評審團拒絕了……」

「除了德拉克洛瓦！」

「除了德拉克洛瓦，沒錯。而且這幅〈喝苦艾酒的人〉還讓他跟他的老師托馬．庫蒂爾[52]決裂。四年後，馬內再次碰壁，當時他提交的是〈草地上的午餐〉[53]，描繪了一名裸女與穿著得體的男士們在戶外野餐的場景。這件作品在一個叫『落選者沙龍』的地方展出，大眾爭先恐後地前來辱罵這幅畫，還用手杖刮傷它！他隨後被指控創作猥褻、粗俗的作品，尤其是一八六五年描繪妓女形象的〈奧林匹亞〉[54]。內政部甚至在一八六九年對他進行審查，因爲他創作了一幅譴責拿破崙三世外交政策的版畫[55]。這還不是全部！『殊死戰』也發生在他與盟友之間，例如，波特萊爾儘管欣賞他，但仍譴責他是『其藝術衰敗的第一人』；另一次是在一八七〇年，馬內只因一場美學爭論而打了他的老友愛德蒙．杜蘭蒂一個耳光。這兩個人竟然拔劍，要用決鬥來解決他們的糾紛！畫家傷了他的對手，然後以一杯啤酒跟他和解。他同時還與惠斯勒鬧翻、與庫爾貝的關係疏遠，也從未與其他受他

52 Thomas Couture，一八一五—一八七九。

53 *Déjeuner sur l'herbe*

54 *Olympia*

55 這幅畫是〈槍決皇帝馬克西米連〉（*L'Exécution de Maximilien*）。

影響的藝術家一起展出過，然而，他仍是這些印象派藝術家的精神之父。」

蒙娜覺得「印象派」這個詞聽起來很熟悉，但是祖父要她耐心等待，稍後他會再詳細解釋。不過，爲了充分理解這個概念的涵義，還有馬內如何在從未參與這項運動的情況下成爲其創始人，亨利開始分析這幅〈蘆筍〉的表現手法。他在蒙娜面前侃侃而談，儘管他的話語複雜得可怕，但蒙娜不想錯過任何一個字。他說，這就像是這些繪畫手法（也就是馬內使用的手法）既清楚呈現出自身的本質，同時也描繪了一根單獨的蔬菜。莖部的反光顯現出鉛白的淺色調，強化了光線的反射。相較之下，棕色的底部象徵陰暗的土地，塗層很薄，甚至連畫布的紋理都顯露出來了。最後，在拖盤上延展開來的深灰色平行條痕中（與這些條痕對應的是小波紋狀的簽名），我們見到零碎的貂毛畫筆筆觸。蒙娜自己將這根蘆筍與羅浮宮裡的哥雅羊肉塊做了對照。她想起西班牙畫家對「靜物」的表達，並試探性地用它來形容馬內的小油畫。亨利稱讚她。她也記得人們對這類型的畫持保留態度、甚至帶有某種蔑視。

亨利同意道：「的確如此。但是在十九世紀，」他用充滿熱情的聲音明確指出，「靜物畫變得前所未有的重要。原因是這樣的：在整個十九世紀，一個新的繪畫愛好者客群出現了，藝術的接觸變得更加普及，這些布爾喬亞階級的顧客有錢有閒，但是顯然沒有君主、國家、教會所擁有的龐大資源。他們的要求因而不同：與其著眼於描繪戰爭或神祇的大場景，他們要的是樸實且具體的事物，例如特寫肖像畫、風景、日常生活事件，最後還有靜物畫。」

「但是，爺耶，有人要求畫家只畫一根蘆筍嗎？」

「這個嘛，不完全是這樣，整個故事比這更有趣。當時有一位大收藏家叫做夏爾．艾夫魯希[56]，他委託馬內畫一幅整束的蘆筍，藝術家要求他支付八百法郎。今天一幅馬內的畫要價數百萬元，相較之下，這筆錢似乎微不足道，但也已不容小覷，因爲當時的日平均工資約爲五法郎。無論如何，艾夫魯希對這幅畫很滿意（目前收藏在德國），便寄了一千法郎給馬內！而馬內則憑著他的俏皮、機敏和慷慨，特別畫了這一根蘆筍額外送給收藏家，還附上這句話：『您的那束蘆筍還少了一根。』馬內勸告我們，最終可見的東西非常少。這是一根簡單的蘆筍，或者只是普通的桌面一角，而正是這一點小小的慷慨促使他

[56] 夏爾．艾夫魯希（Charles Ephrussi，一八四九—一九〇五），法國藝術評論家暨收藏家。

畫出這根蘆筍送他。但是這幅畫要告訴我們的是，正是這個**幾乎無物**讓生活變得迷人；只要有這個**幾乎無物**，就能讓存在發光。沒有這些無法捉摸的**幾乎無物**，事物就僅僅是它們原本的樣子。只要來個『妙不可言』，這些事物就會突然變得美好。英國人說『少即是多』，這句話簡潔而傳神。」

「你說必須幾乎無物，但還是需要馬內畫上幾筆。」

「是的，我們幾乎可以數出來有幾筆。」

「我看見蘆筍的頭部大約有四十筆，莖的其餘部分則多一些，筆觸也更長一點。總之，這整根蔬菜共用了一百筆，最多就是這樣了，爺耶！」

「所以妳數了？」

「唔，可以說這就像是弗里德里希的烏鴉，我**看見**它們了……」

亨利不完全確定他明白蒙娜的意思，但是他注意到她有非凡的感知能力，那是一種近乎神奇的分析洞察力。有些孩童擁有一種被稱爲「絕對音感」、極爲罕見的音樂聽覺能力，而蒙娜似乎享有某種「絕對視感」。儘管如此，亨利尤其不想犯下致命的錯誤，就是強化她的這種表現或天才兒童的地位，理由至少有三：首先，他對這件事並沒有任何的把握；

接著，這有可能妨礙了小女孩的率眞；最後，在與她相處的每一秒，他都知道可怕的失明威脅正伺機而動。如果讓她對擁有**絕對視感**心存希望，但萬一有一天這個希望再度消失，那將是多麼殘酷的一件事……

「我啊，我想要的是，下次你能跟我解釋一下什麼是印象派，爺耶。」

「那麼好吧，我們會去看莫內！」

「莫內……」孩子重複道。「小心啊，這可能會與馬內或蒙娜搞混！」

「別擔心，我找得到的，我們會在聖拉薩車站的月台上見面。」

當他們轉身離開〈蘆筍〉，前往美術館的出口時，亨利和蒙娜遇上了一名站在他們身後的女子。她的出現彷彿是一種超自然現象。是那位著綠色披肩的女士……

「不好意思，但你們無法去看莫內的〈聖拉薩車站〉。」她用略微嘶啞、清晰且優雅的聲音說道。

「那麼，夫人，」亨利不悅地問，「這關您什麼事？」

「請原諒我的冒昧，先生，容我自我介紹，」她遞給他一張名片，上面印著「海蓮娜·史坦恩」這個名字。「我是奧塞美術館的館長。」然後她對著蒙娜補充道，「館長就是負責照管作品的人，還要策劃展覽，讓更多人認識這些作品。」

「可是，夫人，」孩子開心地喊道，「我記得，我和爺耶在羅浮宮見過您兩次！」

「是的，沒錯，我因爲工作的關係常去那裡。我聽見好幾次妳跟妳祖父的對談，但你們都沒有察覺，首先是在羅浮宮，然後是這裡。你們要知道，我六十五歲了，而且我向你們保證，我不曾想過我的工作終於變得這麼有意義……。我從未有機會在博物館的走廊上遇見兩位如此出色的訪客。觀察你們，就是我職業生涯的回報。親愛的蒙娜（原來她知道這孩子的名字），親愛的先生，我很抱歉打擾你們，但是在我退休前，兩位在這些作品前的對話，是我能給自己的最好禮物。」

「這個嘛，」亨利用迷人的聲音說道，「您完全獲得原諒了。您的讚美讓我感動，不過，我不明白您爲何不想讓我們看莫內的〈聖拉薩車站〉。」

「您在我們的展示牆上找不到它，因爲目前我們正在維護它，所以它在我們的庫房裡……」

「唉呀，」亨利惋惜道，「這是我最喜歡的畫作之一！」

「什麼是庫房啊？爺耶。」蒙娜問道。

她的祖父想要向她描述這些博物館的寶藏室模樣，人們在這些地方存放、修復、精心呵護這些作品，就在一個不爲人知的祕密地下室裡，那裡有數以千計的作品。但他還來不及開口，館長就代他回答道：

「這樣吧，蒙娜，如果妳想要知道的話，最好的辦法就是我們下週一起去那裡，你們也可以好好欣賞一下你們的莫內！」

26
克勞德·莫內
一切都會逝去，一切都會過去

26
Claude Monet
Tout fuit, tout passe

現在，在哈吉夫人的小五教室後方，整齊擺著大約十五個正在製作的模型，這些模型將會在年底展出。蒙娜和莉莉的瓦楞紙模型展示的是莉莉未來的房間，其中最引人注目的是一個巨大的貓籃。一般而言，孩子們會造出不切實際的房屋或是充滿想像的宏偉建築，而且有時會恣意享受失敗的美好，例如有一組人的目標是將聖心堂縮小，但目前大家一致覺得它看起來更像是一個髒兮兮的巨大蛋白霜……。然而，出乎意料的是，婕德和迪亞哥的計畫最令人訝異，因爲經常被嘲笑、總是落後同學的小迪亞哥，竟然成功創造出一顆媲美梅里埃[57]電影的月亮。一根隱形的線將一顆上了銀色噴漆的大紙漿球懸掛在盒子內的頂部，這顆球在小型馬達的驅動下，緩慢地自行旋轉，透過隱蔽的燈光，我們還能觀察坑洞、溝壑和山岳的輪廓。婕德之前因爲抽籤抽到與這名男孩同組而感到惱怒，現在則不再因爲與他合作而生氣。童年的美妙奧祕就在於擁有這些瞬間的轉變，能忘卻怨恨和過往。現在作品即將完成，婕德想要加入最後一刻冒出的靈感，好把作品變成自己的，她特別提

[57] 梅里埃（Georges Méliès，一八六一—一九三八），法國電影業的先驅，他於一九〇二年拍攝的黑白無聲電影《月球旅行記》（*Le voyage dans la lune*，一九〇二）被視作科幻電影的開山始祖。

到要將一個像《丁丁歷險記》[58]裡那種紅白相間的火箭貼到月球表面上。儘管迪亞哥實際上是這個模型的唯一創造者，但他一句話也沒說，他順從地點頭同意，內心深處卻不贊同，這一點顯而易見。他很清楚這顆月亮的美麗之處就在於它的簡樸。蒙娜加入辯論，她起初本能地站在婕德這一邊，但最後艱難地選擇與她朋友的意見相左，這是爲了她所喜歡的迪亞哥，也是爲了這個她覺得不可思議的創作作品。婕德感覺自己有點被背叛了，蒙娜向她解釋爲何不需要再添加任何東西，否則會毀了這個已經「很棒」的作品。迪亞哥心花怒放，這是他人生中第一次眞正感受到同學愛。他想在蒙娜的臉頰上輕吻一下，但她不帶惡意地拒絕了他，叫他別太超過。

*

館長海蓮娜與蒙娜及其祖父約在鄰近奧塞美術館的一條街上，亨利按照慣例致上禮貌性的謝意後，注意到她擁有一雙敏銳且帶著叛逆的聰慧眼睛、她的鷹勾鼻和高雅的措辭，她整個人散發出一股深沉且自然的權威感。在多個監視器的注視下，她帶著他們穿越一系列的專用入口、簡陋通道和金屬電梯。幾個與她擦身而過的人停下來恭敬地向她打招呼，但沒人敢詢問爲何會有一位老先生和一名小女孩跟她一起出現在這些高度保護的區域。終於，在穿過兩道巨大且厚重的門之後，他們來到一個看似沒有邊際的空間。那裡有幾十扇掛滿畫作的滑動格柵，一扇接著一扇，夾層裡擺滿了引人注目的物件；那裡還有大師設計且圖案精美的家具，無數的箱子裡裝著要送往國外展覽的作品或是剛歸還的借展品。海蓮娜透過窗戶，向蒙娜和亨利指出一名年輕女子，她正在修復一件青銅作品上的包漿，那是奧古斯特．羅丹[59]的創作。這些幕後活動多美妙啊！超乎了孩子所能想像的一切。她在博物館底下發現了一間眞正的博物館，沒有訪客，沒有任何吵雜聲，這眞是令人驚訝。

但是海蓮娜的安排更勝一籌。因爲蒙娜和亨利要來看莫內的〈聖拉薩車站〉，所以這幅畫被安置在一個十九世紀的可攜式摺疊三腳畫架上。這個工具是特別爲戶外繪畫而設計的。從一八四〇年代開始，隨著攜帶式顏料錫管的普及，這種被稱爲「戶外寫生」的活動

58《丁丁歷險記》(*Les Aventures de Tintin et Milou*) 是一九二〇年代由比利時漫畫家艾爾吉 (Hergé) 創作的一套連環漫畫。

59 Auguste Rodin，一八四〇—一九一七。

日益興盛。無論是在鄉村（從楓丹白露的森林到蔚藍海岸）還是在城市，印象派畫家都熱衷於這種繪畫形式。一八七七年，克勞德．莫內就在月台上，在驚訝的旅客面前完成了海蓮娜、亨利和蒙娜現在一起在奧塞美術館迷宮般的庫房裡欣賞的這件作品。

地上到處都是略微蜿蜒的鐵路網，一路延伸至地平線。地平線被高密度的城市建築遮住了，那裡有一座鋼鐵製的高架橋，更遠處則有幾棟沐浴在陽光下的建築物。尤其是在作品的左側，那裡有一座大型的石頭建物，頂樓（顯然是七樓）覆蓋了鋅板。一片巨大的玻璃天棚占據了前景，俯視著這片都會風景，並形成一個等腰三角形，頂角約為一百二十度。這個大型車站的天棚對稱性被兩根對稱的細柱和支撐鋼骨架的中央格柵強化了，整體讓人聯想到一個正六邊形的月台構圖，其低點與描繪場景的畫家位置相重疊。鐵軌上有三列火車，從畫作的左側向右側逐漸隱沒至深處，透視效果使它們受到壓縮，遮住了成串的車廂。我們看到左邊火車的背面，它動也不動，冒出的煙飄向另外兩列正在接近的火車。毗鄰垂直中線的那列火車構成了某種重心，總之，這是最顯眼、最有存在感的機器，儘管它只是用幾筆黑色顏料簡單畫出來，沒有任何細節。同樣零碎和模糊的處理方式也用來描繪構圖右側一個站在軌道上的人，他身後有一些模糊的身影，可能是旅客、鐵路員工或閒人，我們無法辨識他們的社會身分。最後，在無數由畫筆刷出的陰影、變動、顫動手法中，還添加了跳動、污點、溝槽、厚塗等效果，大量的蒸氣從火車頭冒出來，大部分是乳白色的，但中間的蒸氣是藍色的，在潮濕水滴的影響下，光線微妙地折射。

這既嚴肅又神奇。蒙娜花了很久的時間來檢視這幅畫。在祖父、尤其是館長的陪伴下，她有一種在寶藏堆中扮演專家的感覺，因爲，在研究色系時，她的腦海中浮現一幅羅浮宮的畫作，她睜著靦腆的大眼睛，勇敢地指出：

「在這些建築物的淺色牆上，爺耶，這是像透納用的那種鉻黃，對吧？但是加了一點白色……」

這實在很不可思議，要不是館長曾多次意外聽到小女孩和她祖父的對話，她可能會認爲這只是小女孩的笨拙模仿，爲的是要讓她留下深刻的印象。

「觀察得很好。」亨利贊同道。「莫內指出一切都在不斷的變化和浮動。幻象，就是固定不變；眞實，就是所有的事物只不過是一連串永遠在相互更迭的印象。我們眼睛的微小動作、頭部的輕輕一擺、空氣的流動、光線的不斷變化，這些都會讓顏色有所改變。喏，想像一下莫內就在他的畫架前，就在這裡！而且他問妳庫房周圍的牆壁是什麼顏色，蒙娜。妳會怎麼回答？」

蒙娜將視線從畫作移開，轉向陰暗的牆壁，然後聳聳肩。

「唔，莫內先生，它是灰色的！」

「完全正確。不過，如果妳一直盯著它看，妳會發現它不僅是灰色的，而是有成千上萬的色調：它會變成明亮的白色，或是反之變成黑色，燈光的黃色反光會落在它上面，但如果我們稍微向旁邊移動，這些反光就會消散。這個灰色本身就含有無窮的變化。同樣的，如果我們問某個人煙霧的顏色，他一定會回答說也是灰色的。但莫內是如何描繪這個煙霧的？」

「藍色的！」

「更正確地說是鈷藍色和鉛白色。莫內在這幅畫裡做得更巧妙，他用大規模的手法美化了世界的變動；他呈現了現代化帶來的巨大轉變，例如車站、火車、蒸氣等。說到這個，在畫作上方，這個三角形的玻璃天棚會讓妳想到什麼？」

「我要說些傻話了，爺耶，像羅浮宮前面的金字塔。」

「這一點也不傻，蒙娜，只不過羅浮宮那個比較新，而且它本身的靈感是來自埃及的大金字塔。因此妳要明白，儘管金字塔是源於遙遠的過去，但它們代表的是現代化的顛峰，更確切地說，這個車站正是其代表，就像是一種回憶再現，是重生本身。」

蒙娜感到困惑。只有一個詞在她腦中迴響，那就是「現代化」。她問這個詞的確切含義，亨利建議她暫時先將它當作一顆小種子，不必急著定義，它會在他們的討論之中慢慢萌芽。

「在這幅畫裡，現代化就是巴黎。多虧了一個叫做奧斯曼[60]的人，他爲巴黎注入了新鮮空氣並好好地梳理了它的結構。這裡有好幾個象徵工業革命的符號，正是工業革命促成了這些鉅變。在背景左側矗立著一棟石材建築，就像妳今天常看到的那種建築。在當時，這是一個非常大的變革，一個新的標準標誌著首都的翻新。至於車站大廳的玻璃天棚，那是當時人們眞正開始掌握的材料，這名藝術家很喜歡它的透明和輕盈。最後，莫內用這兩

60 奧斯曼（Georges-Eugène Haussmann，一八〇九—一八九一），法國都市設計師。

個火車頭來頌揚蒸氣的力量，不僅是因爲他鍾愛吐煙的模樣，還因爲蒸氣推動著火車，加速了世界的改變。這幅畫有許多轉變的象徵，快速且有節奏感的筆觸與生活和社會的加速相呼應。我們可以說，莫內用一種非常現代的方式畫出了他那個時代迅速發展的現代化。」

蒙娜做了一個搞笑的表情，這意味著那顆小種子開始萌芽了……。亨利繼續講解，他離畫架非常近，彷彿莫內就坐在畫架前。

「因爲莫內獲准在月台上作畫，他就利用這個機會爲這座車站的內部畫了七個版本。他請求鐵路員工讓火車頭冒煙，讓它們前進、後退，以擴增他的視角。所以，畫家變身成了導演，而火車就是演員！莫內喜歡針對同一個主題採用一系列的方法，以便能更好地呈現各種變化：光線、顏色、氛圍、天空、空氣、投射的陰影，還有被切割和變得模糊的體積。許多藝術史學家都認爲莫內發明了『系列』這個概念。一八九二年至一八九四年間，他畫了四十個版本的盧昂大教堂[61]正面，他在教堂前宣稱：『一切都在改變，石頭亦然。』這裡也是如此。繪畫被視作一種空間的藝術，同時也是在表達時間的流逝。這幅畫眞正要告訴我們的，是古代思想家愛菲斯的赫拉克利特[62]所說的這句話：『一切都會逝去，一切都會過去』，古希臘文是『*Panta rhei*』。」

「*Panta rhei*，」蒙娜重複道。「但是那個火車，爺耶，至少他有坐過火車吧？」

「喔，當然有！從一八五〇年開始，聖拉薩車站深受所有藝術家的喜愛。他們在那裡有一個通向大自然的通關密語，大自然則是他們的露天工作室，觸手可及，因爲聖拉薩車站就是前往諾曼第和所有鄉村的車票。因此，這幅畫既是現代化的殿堂，也是波特萊爾所說的『旅行的邀約』，一扇通往夢想的天窗。」

海蓮娜用她如同鑽石般精緻的聲音插進了對話，這是第一次有人介入這兩個同伴的談話。她扼要地解釋，莫內不斷在巴黎和諾曼第之間猶疑，她說莫內一開始是在勒阿弗爾[63]當諷刺漫畫家，然後他遇到了歐仁．布丹[64]，布丹教導他認識大氣現象。當海蓮娜談到莫內的美學歷程時，她的語氣變得更加憂傷。她說，隨著歲月的流逝，這位比任何人都更擅

61 這座教堂位於法國盧昂（Rouen），始建於十三世紀初期。

62 Héraclite d'Éphèse，西元前四五〇年至西元前四八〇年。

63 勒阿弗爾（le Havre）位於法國西北部。

64 歐仁．布丹（Eugène Boudin，一八二四—一八九八），法國風景畫家。

長捕捉面部特徵的藝術家，選擇遠離這些臉孔、這些人類的輪廓。館長指向畫作的右側：

「妳看，蒙娜，從這些人物被淡化的方式，我們已經能清楚看到這種轉變。」

蒙娜凝視著這幅畫，覺得自己成長了。這種感覺愉快無比。

「而且，」不願失去主導權的亨利補充道，「莫內最終永久離開首都，搬到諾曼第定居，住在他位於吉維尼的美麗宅第，他還有一座華麗的花園。正是在那裡，從一八九九年起直到他去世爲止，他一直在畫他親手栽種的漂亮睡蓮。」

「沒錯，」海蓮娜接著說，「直到他生命的盡頭，他幾乎瞎了，在莫內畫的花朵裡，生命的本質在躍動，如同對宇宙的愛與和平宣言。」

在館長優美的話語結束後，接著是一段長時間的靜默，只有蒙娜面臨失明威脅的這個禁忌飄蕩在其中。這幅畫的遙遠心跳塡滿了這陣沉默，而這些脈動與其說是在描繪運轉中的機器，不如說是莫內絢爛筆觸特有的觸動。

「抱歉，」蒙娜突然開口，裝出尷尬的樣子，「但我還是缺了一個答案：爲什麼我們說莫內是印象派畫家？」

「確實。」亨利承認這一點。「好吧，讓我們從頭開始！這個美麗的稱謂最初是一種侮辱。一八七四年，一位名叫路易．勒華[65]的藝術評論家在莫內一幅題爲〈印象．日出〉[66]的作品前諷刺地說他『印象深刻』，但其實他內心覺得這些朦朧畫面和這個未完成的暗示性筆觸是不可取的。他將那些圍在莫內身邊並依其風格作畫的藝術家稱爲『印象派畫家』，例如雷諾瓦[67]、畢沙羅[68]、西斯萊[69]或貝絲．莫莉索[70]。面對這種侮辱，莫內要怎麼回應？是屈服？還是抗議？他更聰明，那就是把它當作一面旗幟。他自豪地反轉了這個侮辱。如今，印象派已經成爲全世界最著名、最受喜愛的藝術流派。」

亨利不再說話，他讓蒙娜向海蓮娜感謝她贈送的這份大禮。如果不是因爲她笨拙地想要顯得嚴肅、早熟，她一定會擁抱館長。但是，當這三人匆匆走向出口時，小女孩突然

65 路易．勒華（Louis Leroy，一八一二—一八八五），法國記者、藝評家、劇作家暨版畫家。

66 〈印象．日出〉（*Impression, soleil levant*）這幅畫是莫內在一八七二年創作的作品，現收藏於巴黎的瑪摩丹美術館（Musée Marmottan Monet）。

67 Pierre-Auguste Renoir，一八四一—一九一九。

68 Camille Pissarro，一八三〇—一九〇三。

69 Alfred Sisley，一八三九—一八九九。

70 Berthe Morisot，一八四一—一八九五。

驚慌起來，因爲她錯過了繞著這件作品轉一圈的獨特機會，這幅畫只有在這種情況下才會被放在畫架上，而不是掛在牆上。他們立刻折返回去。她終於能鑽到這幅〈聖拉薩車站〉的背後，進入鏡子的另一面。在那裡，她看到了一幅暗褐色的陳舊畫作和一個木質框架。噢！這一切突然顯得如此微不足道、拼拼湊湊而脆弱！蒙娜明白了，這也是畫作的**隱藏意義**，亦是我們必須在圖像背後揣測的，這裡不僅有複雜的解讀、博學的詮釋，還有大膽的破譯及上百個假設。不，那些隱藏在顏料層之下、那些被迴避以及必須被記住的，就是這些裝裱在畫框上、沒有靈魂的畫稿的平庸性，就是這些物件令人動容的簡單性，人類本身的永恆時刻或許就被定格在這些物件上。

這一次，她願意離開了。

27

愛德加・竇加

必須讓生活舞動

27

Edgar Degas

Il faut danser sa vie

在舊貨店裡，維爾圖尼家族的愛好者一次又一次地回來。而這個小小的奇蹟已經四處傳開來了，客人蜂擁而至，商品的銷路不錯。蒙娜還注意到，她的父親感到放心了，因爲他在自動點唱機上播放的音樂比平常更令人振奮，特別是一九八〇年代初期法蘭絲·蓋兒反覆唱誦的〈反抗！〉[71]。有時候，她和他會緊握拳頭，想像那是麥克風，然後一起來個二重唱。

這段時間以來，蒙娜心中一直有個想法。如果維爾圖尼家族的小雕像來自她的祖母，她推斷，或許在舊貨店的其他地方，也會有和這個神祕的柯蕾特有關的舊箱子，而這位柯蕾特的形象越來越常縈繞在她腦海中。既然大人們堅持不告訴她任何有關柯蕾特的事，蒙娜決定自己來調查。她還記得店裡讓她感到驚愕的空間，就是那個通往地窖的地板門。一天，保羅正與會計師在電話中長談，她決定去那裡探險一下。她拉開兩扇擋住她的厚重門板，從梯子上滑下來，然後陷入一片昏暗中，這讓她想起那些與失明有關的陰森記憶。她緊握著吊墜，彷彿它具有發光驅邪的超自然力量。實際上，微弱的光束是來自她頭頂開啟著的地板門。她渾身冰冷，感到恐懼，謹慎地向前邁步，但是，在昏暗雜亂中，她認出了三個箱子，外觀跟裝著維爾圖尼家族的那個箱子完全一樣。這些也是她祖母的東西嗎？

她靠近檢查那個與她一樣高的箱子，看見了一堆牛皮紙信封，她從中抓了一個，此時父親從遠處呼叫著她，她的心狂跳不已，本能地將那個微薄的戰利品藏在褲腰裡，衝向梯子，迅速爬了上去並喊道：

「我來了，爸爸！」

這一天過去了，蒙娜等到獨自待在房間裡之後，才仔細觀察她的戰利品。「好耶，」孩子自言自語，「是奶奶！」信封裡有一張泛黃的小剪報，日期是一九六七年九月九日，標題是「柯蕾特．維耶曼，不適當的尊嚴之爭」，還附上一張照片，照片中有一名女子被孤立，顯然遭到人群挑釁攻擊。這名女子就是柯蕾特，她是那麼年輕，蒙娜甚至都認不出來了。小女孩想要讀那篇舊文章，但因爲不明白其中的意義，因此她祖母遭受到的洶湧敵意，讓她感到更加困惑。這篇文章提到示威、疾病、死亡、甚至是監獄。這讓人感到沉重且不快。蒙娜覺得她的祖母受到侮辱，她迫不及待地想告訴父母這件事，但是她知道，如果她這麼做，就會遭到嚴厲的指責。那她的祖父呢？他從來就無法討論這件事，而且祖母

71 〈反抗！〉(Résiste!) 這首歌是一九八一年發行的單曲，銷售超過五十萬張。

這個禁忌的威力實在太強大了。蒙娜擺弄著吊墜，試著安慰自己。畢竟，或許她可以在馮・奧斯特醫師的幫助下進行調查？而且，最重要的是，一九六七年九月九日，那是好久以前的事了，而局面在那之後一定會有不同。她緊緊抓著這個讓她感到安慰的想法。

*

奧塞美術館的廣場是個從觀光客那兒賺點錢的絕佳場所。那天，蒙娜看到一場靜態演出：三個人化著濃妝、穿著白色的衣服，模仿一個雕塑群的姿勢，彷彿是一支凍結在大理石裡的古代隊伍。她向祖父指出，動也不動就能賺到錢，這有點奇怪。亨利認爲她的觀察很中肯。再說，他討厭這些努力保持靜止的表演。不過，當他看到沒有拴繩的臘腸狗歡快地在這三尊假雕像周圍蹦蹦跳跳，而且眼看就要在裝成石頭的人腳邊撒尿時，他還是倍感尷尬。就在這隻動物快要撒尿的時候，這三個人突然動了一下，咒罵這隻不受控制的野獸。蒙娜放聲大笑，亨利拉著她的手，帶她去看另一場更爲飄逸的表演，好找回一點端莊，那就是愛德加・竇加描繪的舞蹈表演。

這是一個非常有動感的灰色表演舞台鳥瞰圖，舞台深處的布景有間小房子，只用畫筆模糊地刷了幾下。一名年輕的女性舞者出現在舞台上，占據了構圖的右側，約是作品三分之一的面積。她採用「下傾式阿拉伯姿」[72]的姿勢向觀眾打招呼，這種姿勢非常特殊，要伸長四肢，使身體摺成對角。在這件作品裡，我們可以看到一隻平踩伸直的腳支撐著年輕女孩，但左腳因為前縮透視法的效果，所以完全被遮住。她的上半身朝向觀眾，粉色的臉龐向後仰，半閉的雙眼讓人聯想到一種微妙的狂喜。頭上戴著花冠，頸部繞著黑色的絲帶。服裝是閃閃發亮的銀白色，上面點綴著幾片暖色系的花瓣。在遠景中，主要是在構圖的左上角，後台以一種相對於舞者的斜向深度呈現，我們注意到這個舞台的後台很奇怪，那不是通常被稱為「翼幕」的帷幕（在劇院中，這些帷幕常用來隱藏和標誌後台），而是一些空洞的空間，這個空間混合了赭石色和更為隱晦的綠色筆觸，似乎喚起了一種自然空間的感覺，也許是一個有多個洞窟的懸崖側面裝飾。在這些凹陷處，我們瞥見幾個用粗獷筆觸描繪的靜態身影，包括其他三名女舞者，還有一名穿黑色西裝的男性在較近前一點的地方，臉部被遮住了。

72 Arabesque penchée

蒙娜對於成爲舞者的夢想毫無興趣，她的祖父並沒有忽略這一點。她從未穿上芭蕾舞裙，也不知道「歌劇院的小老鼠」[73]這個說法。不過，當她講述她所看到的一切時，語氣中透出一種急切，讓人聯想到她觀看根茲巴羅筆下的那對戀人時的情景。

「你看，爺耶，她很開心：這從她的姿勢就能看出來。很難說那個姿勢是什麼，但她好像在飛。看啊，她在飛。而且你看，她穿著白色的衣服，像鳥的羽毛一樣，她好像一隻白色的鳥，甚至是一隻天鵝。還有，等等，爺耶，你看，後面也有人。藝術家感興趣的是舞者，但還有其他東西。他想讓我們注意她背後的那些女孩。此外，還有一位穿黑衣的先生。你看，畫家只畫了他的長褲和外套的一角，而且他的頭被藏起來了。而這個，爺耶，這就像是恐怖電影：我們把頭藏起來，然後這樣一來，好吧，就絕無可能知道那是誰了。這讓人有一種『懸念』的感覺……（這個不恰當的措辭讓亨利笑了起來。）這位穿黑衣的先生有點可怕，但是她啊，她卻是高興的。她在飛吶。」

「說得非常好，蒙娜。不過，我們還是要問，妳這種浮在空中的印象是如何產生的。仔細觀察台上的舞者，特別是她的手臂線條：右臂是彎曲的，左臂是伸直的。我們明白她正面對著一群我們看不到的觀衆。竇加暗示了觀衆的存在，但沒有將他們納入構圖裡。

觀衆是在『畫外的』（蒙娜低聲重複了這個表達方式），舞者向他們行了屈膝禮；這是在向他們致謝，是一種優雅的問候。」

「那我們呢？爺耶，這是說我們被排除在觀衆之外？」

「我們是在觀衆群裡，但所處的位置比較特別。竇加讓我們觀看舞者的位置，很可能是在高處的一個側包廂裡，這個位置提供了一個非常特別的視角，因此有些東西會消失……」

「一隻腳！」

「對，因爲角度的關係，向後伸展的腳不見了。這就是爲什麼會產生一種浮在空中的印象。」

「我要說些傻話了，爺耶，但你常說藝術家會在畫作中製造**對比**（她努力要正確地說出這個詞）。這裡，我覺得對比就是在飛翔的女孩，以及我指給你看的她背後的人，就是那些白衣舞者和站得筆直的黑衣先生。」

73 對小芭蕾舞學員的暱稱。

「這一點也不傻。竇加給人一種只是純粹旁觀者的感覺，但實際上他可說是某種導演。他不是在歌劇院現場創作這幅畫的。他是從所見所聞中汲取靈感，然後在工作室裡重新創造出屬於他自己的視角，努力表達出他所感興趣的事物，而不是像記者那樣記錄事件。在這幅畫裡，這個視角結合了兩個現實，就是舞台的現實以及後台的現實，它們都以一種幾乎模糊的古怪方式被呈現出來。」

「它們好像洞穴！」

「的確如此！竇加將芭蕾舞者的活力光彩與她背後僵硬的靜止狀態做了對比。再說，黑衣男子的存在也提醒我們，陰影中隱藏著一種可憎的、暴力的男性權威……。竇加不僅是所謂的舞者畫家，他也描繪了音樂和歌劇的整體氛圍，包括成年男性對孩童的壓迫權威。」

亨利想著，他本來應該要解釋這名藝術家的個性，這個人既可憎又迷人，深受同時代詩人的推崇，尤其是史蒂芬．馬拉美[74]和保羅．瓦勒里[75]，這個人對自己和他人的要求極為苛刻，導致他常常變得偏狹且厭世。遠景中的黑衣男子有點像竇加，他對模特兒的態度很惡劣，只要他們無法擺出他想要的動作或姿勢，就會對他們憤怒吼叫，把他們弄哭。

這名畫家喜歡說：「藝術就是罪惡。我們不會跟它結婚，而是要強暴它。」但是告訴蒙娜這些事，有可能會損及這件亨利想要讓她理解的作品。

「仔細看，蒙娜。我們可以感受到竇加是一位實驗家，甚至是一名修補匠。在藝術史裡，傳統上會區分各種技術，但是竇加他啊，他會交叉使用並結合這些技術。最著名的例子就是題為〈小舞者〉[76]的雕像，它結合了蠟鑄與眞正的襯裙和馬鬃。這座雕像於一八八一年展出，引發了巨大的爭議，不僅是因為它混合人造材料與眞實元素，這在當時完全違背了慣例，也是因為人們認為這個擔任模特兒的可憐小女孩是醜陋且可疑的。在這幅〈芭蕾舞者〉[77]裡，我們可以看到同樣奇怪的混合。竇加首先創作了一幅單刷版畫。這是一種特殊的版畫技法，會將顏料或墨水塗滿整個金屬板（亨利模仿了動作）；然後用

---

74 史蒂芬．馬拉美（Stéphane Mallarmé，一八四二—一八九八），法國詩人。

75 保羅．瓦勒里（Paul Valéry，一八七一—一九四五），法國詩人與作家，一九二五年當選為法蘭西學術院（Académie française）院士。

76 這件作品的全名是〈十四歲的小舞者〉（*La Petite Danseuse de quatorze ans*），創作時間約為一八八〇年，現收藏在奧塞美術館。

77 這幅〈芭蕾舞者〉（*Ballet*）又稱為〈舞星〉（*L'Étoile*），或是〈台上的舞者〉（*Danseuse sur scène*）。

刮和擦的方式以這種液體介質來繪製圖像；之後用濕的紙覆蓋在如此製作出來的模板上，接著用壓印機壓印模板，就會在金屬板上產生負片。我們只會取得一張眞正清晰的印刷品。這就是爲什麼我們說是**單刷版畫**，『單』(mono) 在希臘文的意思是『一次』，而『刷』(type) 就是『印記』。但是，竇加有時會做第二張印刷品，印記就變得非常淡，幾乎要消失了。他就利用這種較差的品質，再次用粉彩在上面創作。」

「啊，爺耶！這個就像是跟爸爸去舊貨店。我知道他是怎麼修補的，但是當他跟我說的時候(她扮了一個可愛的鬼臉)，哎喲喂呀！」

「妳就給我一點機會吧。我跟妳說過，竇加後來開始練習畫畫。他常常求助於名人巴斯德[78]的學生，就是身兼化學家與生物學家的亨利．侯謝[79]，請他配製色彩多變且有細微差別的粉彩棒。看看竇加如何將它們應用到芭蕾舞裙上。正是這些彩色線條讓它變得有活力，並賦予它與芭蕾舞者相稱的光彩。」

「唔，所以，爺耶，這就像莫內，對吧？」

「嗯，事實上，竇加是印象派人士之友，儘管他討厭這個詞，但他仍與這個團體有聯繫。但他非常偏愛在工作室工作，他隱居在家中，家裡還有驚人的古代和現代畫作收藏。

他依賴研究、照片，但最重要的是他的記憶力。妳還記得莫內會用他的可攜式畫架、畫布和調色盤在戶外寫生嗎？這個嘛，竇加厭惡這種方式，甚至還曾要求政府要『監視那些在戶外畫風景畫的人』！但還有其他事情……」

「什麼事？」

「妳還記得嗎？在莫內的作品裡，零碎的油畫筆觸讓畫作有了印象派的特色。但這裡，這些則更像是線條的碎片。如同方坦和印象派畫家，竇加也喜愛德拉克洛瓦及其絢爛的色彩。但他同樣欣賞他的重要對手，我從沒跟妳談過這個人，但他是十九世紀一位重要的藝術家，叫尚─奧古斯特─多明尼克·安格爾。然而，對安格爾來說，線條、輪廓優先於一切，因為如果我們以精準而確定的手勢下筆，就能勾勒出最優美的身體和動作。」

「我啊，爺耶，我覺得那名女舞者才是優雅的化身！」

孩子一邊說著，一邊以單腳向竇加的作品行了一個屈膝禮，還差點摔倒。亨利抓住

78 巴斯德（Louis Pasteur，一八二二─一八九五），法國微生物學家暨化學家。

79 亨利·侯謝（Henri Roché，一八七九─一九四九），藥劑師暨業餘畫家。

她……展館的守衛爲老人的反應喝彩。

「動作，」亨利繼續說道，「似乎總是有其意義和理由的。在生活中，我們會製造無數的動作。因爲我們必須移動，所以我們要走路；因爲我們必須吃東西，所以我們會把叉子送到嘴邊；因爲我們必須睡覺，所以我們會躺下來。這些動作都有其日常用處。但是舞蹈的動作並非如此，它只是爲了自身而存在，這是一種脫離了日常實踐的動作，這是一種爲了動作之美而存在的動作。聽聽竇加自己對此的看法，他寫了幾首優美的詩。關於一名芭蕾舞者，他寫道：『她的緞面玉足如針／繡出愉悅的圖畫。』」

「會刺繡的腳？」蒙娜向她祖父指出這有點奇怪。亨利並不完全同意，因爲當舞者以小碎步前進時，有時會讓他想起裁縫機……。但是他承認，從字面上看來，亞歷山大詩體顯得不恰當。他熱愛這孩子的地方，就是她從不相信表面，也從不讓自己受到藝術或文學權威的影響。

「妳看，」他繼續說，「這件作品要告訴我們的，就是生活不應該只是活著而已。我們也必須讓生活舞動。我們的動作、我們的行動、我們的行爲有時會脫離事物的常軌，偏離習慣和約束的無止境機械化過程，但這並不重要，如果是爲了讓生活舞動，這種脫序就不重要。」

蒙娜沉默了。這個「讓生活舞動」的想法很奇怪。她回想起哈吉夫人的文法課。所以，「生活」是「跳舞」的直接受詞嗎？是的。於是，蒙娜在她的腦海中，開心地讓自己的腳像裁縫機一樣繡出東西來。

28

保羅・塞尚

來吧，起身戰鬥、留下印記、堅持到底

28

Paul Cézanne

Viens, bats-toi, signe et persiste

馮．奧斯特醫師告訴蒙娜，這一次，他會邀請她重溫六個月前發生的失明危機。經過前兩次成功的療程後，小女孩現在已經準備好要繼續下一步了。然而，坐在巨大皮革椅子裡的蒙娜依然感到緊張，醫師從她低垂的目光和緊閉的雙唇裡察覺到了一絲擔憂，便要她放心。如果感覺眞的非常不愉快，她可以轉向舒適、撫慰的思緒，也就是前幾週建構的「避難意念」。馮．奧斯特在她額頭上放了三根手指。蒙娜沉沉入夢。

在醫師的聲音影響下，一切都重現了：數學練習題、廚房裡的桌子、週日晚餐的味道，還有她母親在蒙特伊公寓裡的身影。幻覺是驚人的，蒙娜感覺自己重複了那個該死的夜晚的一切。這既令人著迷又令人恐懼。當她重溫一個簡單的動作，也就是將吊墜從脖子上取下，讓自己更方便做功課時，失明的恐慌抓住了她。一道深淵、一個類似太空邊緣的巨大深淵在她俯視的桌上形成，慢慢地將她吞噬。必須逃離這場夢魘。於是，蒙娜的心靈躁動起來，她想要擺脫它，不斷地後退又後退，但是費了很大的努力卻沒有任何作用，反而助長了病態的吸引力。於是她改變行事的方式，不再預感會失敗而角力，而是突然跟隨這些煙灰旋風的節奏，與之舞起了華爾滋。她在其中放進一隻腳，只有一隻，然後在上面滑行，成爲一名星辰般的溜冰者，技術精湛、姿態優雅，讓這陣漩渦屈服了。孩子的心靈爲自己的勝利感到自豪，但是在這場宇宙芭蕾之中，陷入大漩渦而旋轉的身體卻明顯虛弱了。蒙娜回到了過去。

現在，她變得很小，只有十八個月大，她看見祖母在公園一條種滿紫羅蘭的步道盡頭呼喚她。蒙娜笨拙地用雙腿站起來，發出一聲長長的「啊」，語調輕鬆且好奇，然後開始有節奏地擺動，一隻腳接著另一隻腳趕上去，以免摔倒，而這正是所謂「行走」的基本舞步。透過催眠，蒙娜重溫了她學走路的第一步。她在戶外前行，柯蕾特注視著她，對她張開雙臂，脖子上用釣魚線串起的小蟹守螺吊墜輕輕晃動著。小女孩注視著吊墜，朝它走近。一公尺、兩公尺、四公尺、六公尺，她沒有跌倒。隨之而來的是歡呼聲和親吻。然後，在這個蒙娜學會生活的公園裡，最終的記憶浮現了。一名路人經過她的祖母，停了下來。「我認得您，夫人，您是柯蕾特．維耶曼。我非常欽佩您，請您知曉。」然後那個人消失了。馮．奥斯特醫師彈了一下手指。

*

那個星期三，亨利大概是一時疏忽，讓他的吊墜露在襯衫外面，蒙娜因而想要知道更多吊墜的事情。在前往奧塞美術館的路上，她要求祖父告訴她，爲什麼他和「奶奶」一起選擇、收集並配戴這些貝殼。每當老人提到已故的妻子時，總是因無盡的悲傷而沉默寡言，但這回他反而樂意開口。

「妳的祖母是一位戰士，一位偉大的戰士。」他坦言道。

爲了描述這個吊墜，他提到了「護身符」、「幸運物」，這能幫助那些投身戰鬥的人避開生活中的暴力和厄運。一位偉大的戰士？蒙娜催促祖父繼續講下去。但亨利沉默了，駝背了好幾分鐘。當他終於來到當日畫作前時，才恢復了鎮靜。在那裡，他挺直身子，彷彿準備攀登藝術的聖母峰。

這是一片廣闊的景色，一座龐大的山體聳立在中央，四周充滿了地中海的氛圍。這幅畫的視角以一個露台為起點，前景有松樹，然後是陸地，最後是在半透明的天空下，似乎從地面冒出的山脈。每個筆觸都充滿活力，將色彩區域與赭石色、綠色和藍色的筆法相結合，展現出令人愉悅的清晰度。可以說，畫布上沒有任何的陰影，因為每一道起伏和陡峭的地形都是為了讓這些山體呈現出柔和且溫暖的色彩。在構圖的左側，就在有海岬效果的露台邊緣，雜亂的樹叢中矗立著一棵大松樹，所有的藍色和綠色色調都以向上的筆觸處理。這種濃密的雜亂在右側重複出現，但這部分的主體不再是高聳的大樹幹，而是遠方山脈與草地之間有十二道拱門的引水道。這幅畫的中心沒有任何遮蔽，展現在眼前的是一種鄉村景致（甚至有農田景色，因為那裡的人類活動幾乎無法被察覺），牧場和田野被切割成幾何形狀。房子區塊呈現出大量的水平筆觸、角度和幾何圖形的暗示。草的顏色與黃色色調相混合，有時帶著微微的淡紅色，以勾勒出融入整個環境的兩個屋頂。最後，山脊從畫作的左邊逐漸上升，直到山頂，並以一個小平台的形式呈現出來，然後突然下降，形成了一個凹陷，然後慢慢消失在畫外，延伸向普羅旺斯的無窮遠方。

當蒙娜看到解說牌上的藝術家姓氏時，有了反應。她開始低聲哼起歌來。塞尚？當她父親店裡的老舊自動點唱機刮播著法蘭絲·蓋兒的流行曲時，她不是已經聽了好幾次這些嘶啞的音節？「但就是這個男人／戴著草帽／罩衫滿是污點／還有他凌亂的鬍子／塞尚在作畫／他讓雙手的魔法實現了……」[80] 小女孩細膩的嗓聲精確且清晰。她的祖父要求她哼完整首歌，幾名參觀者都被迷住了，甚至想要合唱……。她開始唱的時候，稍微提高了音量：「如果幸福存在／這就是藝術家的樣張。」雖然亨利擁有非凡的天賦，能讓學術的或流行的、傑出的或有共識的事物表現出來，但他卻按照字面意思去理解這些迷人的流行歌詞。

「具體來說，我們眼前的完全不是藝術家的樣張。我們會把版畫、木版畫稱做『藝術家的樣張』；然而在這裡，這是一塊畫布。另一方面，毫無疑問的是，塞尚在作畫時一定會戴著草帽，因爲從這個藍色和象牙色的天空看來，地中海的太陽眞的很耀眼。」

「那個啊，爺耶，這是說塞尚在戶外畫畫，就像莫內用他的可攜式畫架一樣……」

「沒錯。而且莫內跟塞尚彼此很熟；他們是朋友，相互支持與欣賞。此外，塞尚曾於一八七四年那場著名的展覽中與莫內一起展出，評論家路易·勒華指責這群跟隨莫內的藝術家是『印象派』，並將塞尚跟這個學派聯繫在一起。他們還有一個共同點，就是會畫系列作品。莫內畫了聖拉薩車站、盧昂大教堂跟睡蓮。至於塞尚，他則是拿普羅旺斯的聖維

80 出自〈塞尚在畫畫〉(Cezanne Peint) 這首歌。

克多山這個自然地標當作題材，畫了將近九十次！」

「唔，可以確定的是，塞尚的繪畫，當我們看著岩石跟田野時，就像是由小塊拼湊起來的，這讓我想到莫內，但是莫內的畫比較像是斑點，對吧？但這個……這個更堅實！至少我是這樣覺得……」

「妳的用詞很正確！因爲塞尚自己說，他想要『讓印象派成爲堅實持久的東西，就像博物館裡的藝術一樣』。莫內利用具有暗示性的分割色彩筆觸來描繪他所看到的東西，這些筆觸逐漸模糊，像水一樣，相當有流動感。在塞尚的這個聖維克多山版本中，可以確定的是，山岳的各個面向、平原上的田野風光、那些樹枝和前景的石井欄，這些都是用不連續的筆觸畫出來的，但是非常結構化，比莫內的畫作更加緊湊。莫內會淡化他的繪畫主題，以呈現人眼感知到的短暫瞬間；塞尚不會淡化，他是予以簡化，傾向於更穩定、更幾何化的形式。此外，他曾於一九〇四年向一位他欽佩的畫家建議，要『以圓柱體、球體和圓錐體來處理大自然』。」

蒙娜心裡想著她年幼時的畫作，難道它們不符合塞尚要求的這個簡單性嗎？總之，她覺得只要一個簡單的圓錐體就可以畫出一棵杉樹啊！她的腦袋充滿了疑問。不過，這些藝術家還眞是奇怪！他們雖然是成年人，而且做過很多事情，還學了無數的課程、技術和理論，結果反而想要做我們小時候做的事！……亨利試著澄淸這個矛盾，他繼續說，對塞尙而言，一切都與藝術的童眞性質被推到極致有關。他舉了一個例子：孩子在任何地方都不會畫陰影，也不會將元素放到透視背景裡，所有的主題都同樣重要。所以，一隻鳥的比例可以跟車子一樣大，因爲每次他加入一個主題時，都希望這個主題同樣成爲焦點；他永遠不會爲了凸顯一個較強的元素，而放棄另一個較弱的元素。塞尙也是這樣。

蒙娜笑了，因爲她聽不懂這番解說！該死，亨利轉頭咒罵，要讓小鬼頭明白他們內在的天分可眞不容易……。但他不肯放棄。

「聽我說，塞尙呼應了這份童眞的理想，因爲他不會刻意以虛幻的方式來挖掘風景的深度。他想要他的主題從畫布中湧現……。此外，當我們在看他的靜物畫時，許多作品都會透過線條的運用和物件的擺放，給人一種向畫作前方傾斜的感覺。在此，最好的方法就是特別觀察這些陰影。直覺上，一名藝術家會以凹陷的方式來描繪這些陰影，也就是讓主題變得不明顯，從而削弱其特性。塞尙說，當他意識到他必須運用虹彩效果來描繪陰影，使這些陰影呈現凸起的效果並從中心移開時，他開始明白要如何畫聖維克多山了。

所以，他必須把陰影畫成凸面（關於這點，蒙娜想起在羅浮宮裡，瑪格麗特．傑哈爾在畫作左下角畫的那顆金屬球）。在這幅畫裡，塞尚沒有向黑暗讓步，一絲一毫都沒有。再說，看看那些松樹，它們沒有讓妳想到什麼嗎？」

蒙娜檢視了一系列的水平和傾斜的筆觸，這些筆觸讓樹葉的筆法更加生動，而且，儘管它們的綠色各有不同，但她卻在那裡看到了火焰。她提出這個想法，亨利贊同。他告訴她，塞尚晚年曾說聖維克多山「對陽光有一種迫切的渴望」（他憑記憶引述），而構成它的元素其實就是「火」，是一種礦物性的火。

「妳知道的，蒙娜，保羅．塞尚非常熟悉法國南部這個地區。一八三九年，他在那裡出生。他的父親是銀行家，而且反對他成為藝術家。『只有死人才算是天才，但我們的生活需要金錢』，他對兒子的職業選擇感到遺憾。保羅長期依靠埃米爾．左拉[81]的友誼和鼓勵，他們一起在艾克斯普羅旺斯[82]長大，左拉後來成為當時最有影響力的作家。可惜的是，幾十年下來，他們漸行漸遠。同樣的，當大部分的印象派藝術家接受有遠見的商人保羅．杜朗—魯埃爾[83]的支助時，塞尚卻幾乎沒有任何經濟上的支持。他於一八九〇年代左右完成這幅畫，但是在那之前，他賣出的作品非常少，但他依舊堅持不懈。『繪畫會認出自己的同類』，異常勇敢且極度孤獨的他如此安慰自己。在這種孤獨之中，他有一位朋友，那就是已經過世兩個多世紀的畫家，即羅浮宮的經典名人尼古拉·普桑。他還曾說，他的作品是『完全重塑自然的普桑作品』；這並不是說他創作了完全相同類型的畫作，因爲他完全不想愚蠢地模仿十八世紀的繪畫，而是說，面對聖維克多山，他採用了與普桑當時相同的要求。」

「啊，那個啊，我記得，爺耶！顫抖是被禁止的。」

「是的。爲了讓一切都能完美平衡，保持最大限度的穩定性，一切都要均勻顫動而不會瓦解。」

「這是說，塞尚在他的畫作前是很冷靜的嗎？」

「然而並非如此。他不斷地在融合。內在的熾熱火焰吞噬他。他的核心概念就是『感

---

81 埃米爾·左拉（Émile Zola，一八四〇—一九〇二），法國十九世紀最重要的作家之一。

82 艾克斯普羅旺斯（Aix-en-Provence）位於法國南部，是一座歷史古城。

83 保羅·杜朗—魯埃爾（Paul Durand-Ruel，一八三一—一九二二），法國畫商。

覺』。他渴望捕捉大自然的所有感受，並從中提取出完美的合成。妳剛剛唱了法蘭絲・蓋兒的歌；請容許我用德語詩人萊納・瑪利亞・里爾克[84]的話語來回應。里爾克在讚揚塞尙的藝術時表示：『這就像是畫作的每一個點都認識其他所有的點。』這就是關鍵之所在。這就好像在這幅畫裡，風景中央兩個屋頂的淡紅色筆觸意識到它與周圍的聯繫，包括山上反射的一絲淡紫色、暗示空中微風的最小弧形筆觸，或是每一條描繪田野的水平線。反之亦然。」

「也許我們可以更簡單地說，爺耶！其實，這眞的就像是在歌曲裡，當她唱出『他照亮了世界』。」

「對，就是這樣。他睜大雙眼，渴望看見一切。而且，他的眼睛是如此專注，甚至從腦袋裡突出來，沾滿了鮮血，眼睛因努力與執著於探索宇宙和繪畫而筋疲力竭。有時候，他眞的是非常苦惱，兩筆畫之間可能要花上二十分鐘。他整天都在工作。有個關於他的有趣說法甚至聲稱，當他在聖維克多山前耗上無數的時間且精疲力竭時，受到損害的不是那座山，而是正在作畫的塞尚本人。但是藝術家堅持不懈、持續下去、永不屈服。」

「所以，畫這座山就有點像在爬山。」蒙娜靦腆地提出這一點。

「是的，沒錯，他畫那座山就像在攀爬那座山一樣。儘管有失敗和懷疑，儘管這些努力讓他的雙眼都流血了，但他仍走在自己的道路上。」

「喔，爺耶！畫作的教導！」蒙娜大叫。「快告訴我今天可以讓我講！我知道是什麼！」

亨利請她發言。蒙娜受到鼓勵，帶著微笑開始低聲哼唱，但不再是〈塞尚在畫畫〉，而是法蘭絲．蓋兒的另一首歌，就是她上週與父親在舊貨店模仿演唱會時唱的〈反抗！〉。然而，在這些歌詞中，事實上有四道指令，它們就像今天這件作品與其傑出作者的完美口號一樣響亮有力。

「『來吧！起身戰鬥！留下印記！堅持到底！』」蒙娜如雷般吼叫，雙手直直伸向美術館的高處，頭向後仰，秀髮蓬亂，她陶醉、神采奕奕、精神抖擻、充滿活力。

---

84 Rainer Maria Rilke，一八七五—一九二六。

29
愛德華・伯恩—瓊斯
珍惜憂鬱

29
Edward Burne-Jones
Chéris la mélancolie

哈吉夫人每週都會讓一個孩子上台，自己選一個主題來代替她講一堂課。輪到蒙娜時，她帶了一張秀拉的海報，也就是掛在她房間的那一張，上面畫了一名側身坐在凳子上的年輕女子，她的左腳交叉搭在右腳上。蒙娜把海報釘在黑板上，開始描述這件作品。她提到了點畫法，亦卽一系列分散的小筆觸，這讓畫中女子的臉部逐漸變得模糊，皮膚和背景散發出催眠般的光澤。蒙娜將這幅畫放在相關脈絡中，提到了透納和他朦朧化的風景畫，還有莫內和塞尙，她也提到一個趨勢，就是這些畫家放棄陰影與過於淸晰的形式，轉而使用純粹與暗示性的色彩。

她沒有向父母或祖父要求任何幫助來準備這項功課，她只是根據她在羅浮宮和奧塞美術館學到的一切推論，還有在網路上收集到的一些資訊，然後再用自己的語言解釋她從秀拉的畫中所看到的。

「這是新印象主義，」她說，「也就是說，這名藝術家比其他印象派藝術家更進一步；他試著讓畫作看起來眞的像灰塵一樣！」

她以自信但謙遜的態度來敘述這一切。然後，說著說著，她覺得自己做不到。爲什麼？因爲她一直想到她的「爺耶」。她犯了一個錯誤，就是把自己分裂成兩個人，並依據爺耶這個絕對的榜樣來評價自己。她既站在台上，同時又坐在台下。她被這個令人極其不安的分裂所困擾，大腦被三個悲慘的字眼禁錮了：「我眞糟。」眼淚奪眶而出。

由於她準備得很充分，因此報告進行得相當順利。她說，喬治．秀拉很年輕就過世了，留下的作品很少；她還解釋說，顏色的混合不是在調色盤上進行的，而是在觀看者的眼中發生的，這是因爲所有的筆觸都非常接近。她焦躁不安，確信沒有人理解她的話，而且她的句子亂成一團。她縮起身子，因情緒激動而抽泣，相信自己會崩潰，但決定要繼續戰鬥。她堅持著，成功克服了那道難關。在報告的最後階段，她成功提到秀拉夢想著觀賞他作品的人會因其點畫法所展現的美感，而覺得「從內在被洗滌了」（這個表達讓迪亞哥噗嗤笑了出來）。最後，她竭盡所能，以簡單的字眼強調十九世紀的畫家必須創作這類以色彩研究爲主的作品，才能跟當時的黑白攝影競爭。

就這樣，報告結束了。她忍住了在報告途中打斷自己的衝動。但是她不斷想到她的祖父，相信在祖父的成人知識和她自己的童稚能力之間，存有一道無法跨越的鴻溝。「我眞糟、我眞糟」，她覺得很沮喪。

座位上的每個人都震撼不已。但是，哈吉夫人以親切冷靜的語氣要求大家鼓掌。掌聲雷動。蒙娜那可愛、純淨的心靈充滿了謙遜，甚至不知道這些掌聲是爲了安慰她，還是在稱讚她那展現出藝術史學家專業水準的出色報告。

*

跟祖父一起去奧塞美術館時，蒙娜拒絕講述她在全班同學面前取得的成功。爲什麼？她說不清楚，但是理由很明顯：她在面對作品時的思想自主性應該會讓亨利感到開心與驕傲，但內心卻隱隱擔憂。事實上，她目前仍無法想像自己在沒有祖父的情況下，運用自己的判斷來欣賞一幅畫。一設想到這種自主性，就是設想到長大，而長大就意味著告別童年的魔力。如果有人要求蒙娜這麼做，她會對著整個地球和地表上所有最美好的事物發誓，沒有她的英雄「爺耶」，她永遠無法參觀任何博物館。她是眞心誠意的。而且，那天她握著祖父的手，幾乎想要就此立下誓言。但是，當她懷著熱情與恐懼的心情，終於見到愛德華・伯恩—瓊斯那件悲苦的傑作〈命運的巨輪〉時，她的手指鬆開了。

這是一個帶有夢幻色彩的想像場景，充滿奇異感，以流暢且連續的筆觸畫成。一名身著灰藍色長袍的年輕女子側著身子，閉著雙眼，頭上戴著軟帽，打著赤腳，她的一隻手扶著輪子的幅條，正在轉動這個巨大的木輪。輪緣掛著兩名肌肉結實的男子，他們的身上僅披著一條簡單的遮羞布（還有第三名男子，但他位於最底部，畫面中只露出肩膀和戴著月桂樹冠的臉龐）。這個構圖令人讚嘆：儘管輪子略微傾斜，指向構圖的右側（輪子本身就占據了畫作三分之一的空間），但是經過壓縮處理，空間是如此窘迫，以致於我們無法看到整個輪子，上半部和下半部都被截斷了。它朝著觀眾的視角前進，在移動中可能會離開畫面並撞上觀眾。我們認出這是一種典型的酷刑，這些人被綁在一個通常很僵硬且非常彎曲的圓形結構上，轉動後會把他們碾壓過去。畫中的男性確實有點彎曲，但他們其實一點也不僵硬。相反的，他們透過扭動的腰部和柔軟的四肢，散發出一種性感魅力，而他們的表情則呈現出半睡半醒的狀態。主要人物位在輪緣的中央，頭戴金色王冠，手持權杖。最後，我們必須注意整體的奇異比例：左邊的女子在移除透視效果的情況下，比被她折磨的男子高出約兩倍。由於她以對立式平衡的姿態站在一個看似底座的礦物質感基座上，這讓她看起來更像女神。此外，與輪子經過的風景相比，這個輪子本身顯得非常巨大，我們只能在構圖的微小縫隙當中勉強看到這些風景：在金屬般的天空下，顯然有一座植物稀少的古城延展開來。

蒙娜發現這件作品令人驚嘆。她欣賞它的細緻，以及對身體膚色和完美解剖結構的著墨。在皺褶和披裹式衣服的褶痕及起伏之中，孩子的目光彷如從空中俯瞰風景般滑過，但祖父的聲音將她從遐想中喚回。

「這個主題很神祕，因爲這個謎樣般的女巨人讓這三位男性遭受輪刑。這三個人由上而下分別爲奴隸、國王與詩人。整個構圖非常緊湊，以致於我們幾乎無法辨識那是廟宇還是防禦工事中已風化的石塊，或者也有可能是陵墓的。一切都帶著微微的灰色，而且這種色彩的衰減使場景失去色彩，將場景推入一個混亂、甚至難以辨識的夢幻世界……」

「所以，我們就絕無可能辨識這幅畫了？眞可惜。」蒙娜裝出惋惜的模樣。

「我們來試試……。愛德華．伯恩—瓊斯生於一八三三年，是一名自學的藝術家，他加入了一個非常重要的英國畫家團體，稱爲『前拉斐爾派』。我知道這個詞很複雜……。我們可以說，這些藝術家想要重回拉斐爾之前的理念。」

「畫年輕聖母和小耶穌的畫家。」

「因此也代表了現代化（蒙娜困惑地想，這個詞曾在看〈聖拉薩車站〉時提過）。因爲自十六世紀以來，拉斐爾象徵了大自然知識與技術的先驅信仰，所以後來的一些藝術家開始推崇他。但是其他人也對他頗有微詞。前拉斐爾派說，他讓創作變質了，因爲，儘管拉斐爾才華洋溢，但是在他們眼中，他已經使中世紀藝術擁有的神聖性與神祕性消失了。然而，這些人想要回到那個充滿靈性與集體性的理想狀態。」

「好的……」

「伯恩—瓊斯是英國維多利亞女王與工業革命世代的人。那是一個充滿自信、沉迷於物質成就和享受的時代，人們相信憑著知識和理性思想，就能進步發展。我們堅定地轉向未來。但是這場工業革命也造成了傷害，種下了幻滅、悲慘和自私。它排斥詩歌和小說，認爲它們與進步的步伐是背道而馳的。伯恩—瓊斯、英國的前拉斐爾派，以及更廣泛來說，是整個歐洲所謂的『象徵主義者』，他們都不接受這場革命。」

當蒙娜默默地重複「前拉斐爾派」和「象徵主義者」這兩個詞，讓它們成爲自己的詞彙時，亨利則想到了在所謂「頹廢」運動中，所有充滿絕對不道德及混合意象的藝術家，例如法國的古斯塔夫・莫羅[85]與奧迪隆・雷東[86]、比利時的詹姆斯・恩索爾[87]和費爾南・克諾普夫[88]、德國的馬克斯・克林格爾[89]。然後，透過聯覺的魅力，「地下絲絨」[90]樂團〈穿裘皮的維納斯〉裡的憤怒中音在他內心迴盪。這首粗獷的搖滾樂有著不眞實的深邃，人類的智慧在其中掙扎，他曾經跟柯蕾特一起反覆聽著這首歌。

「妳要記得，蒙娜；我們看了那麼多朝向外部世界的作品，有時描繪的是正在轉變中的城市，例如莫內的作品，有時是現代的休閒場景，例如竇加的作品，或者是像塞尙的風景畫。但這裡正好相反。伯恩—瓊斯畫的是一種內在的情感，而且是使用寓言來達到這個

85 Gustave Moreau，一八二六—一八九八。

86 Odilon Redon，一八四〇—一九一六。

87 James Ensor，一八六〇—一九四九。

88 Fernand Khnopff，一八五八—一九二一。

89 Max Klinger，一八五七—一九二〇。

90 「地下絲絨」(Velvet Underground) 是一九六四年在紐約成立的一個搖滾樂團，〈穿裘皮的維納斯〉(Venus in furs) 收錄在他們於一九六七年發行的首張專輯裡，專輯封面那根充滿性意味的香蕉是安迪・沃荷 (Andy Warhol，一九二八—一九八七) 親手繪製的。

目的。在此，轉動的輪子象徵命運之輪，也就是宿命之輪，伯恩—瓊斯將祖輩認爲命運反覆無常的想法具體化。即使我們相信自己是最有權勢的君主或是最有成就的詩人，幸福和才華也會受到時間的影響，因爲『一切都會逝去，一切都會過去』……」

「『*Panta rhei*』！」蒙娜驚呼，她想起在奧塞美術館的庫房裡學到的這個說法。

亨利再一次對這個孩子的吸收能力感到驚訝，但他沒有任何表示，而是繼續說道。

「莫內暗示了物理時間的無情流逝、大自然與社會的持續蛻變。伯恩—瓊斯則以更具文學性的繪畫來講述個人命運的進程、緩慢且曲折的人生道路。」

蒙娜對這些解釋感到有點困惑，似乎不太信服，但乖巧地點了點頭。

「啊！這裡有個妳會喜歡的謎語……。我跟妳說過，前拉斐爾派對文藝復興抱持著懷疑的態度，而且想要回到那個時代之前的理想狀態。但是……」

「但是，」蒙娜以近乎預言般的語氣打斷了他的話，「輪子上的身體就像羅浮宮裡那個垂死的奴隸。米開朗基羅的那個……」

「沒錯。」亨利同意，他再次掩飾了對孫女在視覺上的敏銳度及記憶力的驚訝。「這三名男性受到米開朗基羅藝術的啟發，同時傳遞出痛苦、優雅和美麗的意象。他們被畫得彷彿有一道銀色的光芒在撫摸著他們的肌膚。換句話說，伯恩—瓊斯讓這個象徵命運變幻無常的寓言變得愉悅、有吸引力且充滿誘惑，然而這實際上是一種充滿戲劇張力的想法。」

「爲什麼？」

「他喚醒了一種非常特殊的感覺，這種感覺在我們年幼時幾乎無法察覺，但隨著年齡的增長，這種感覺會變得更加敏銳。這幅畫與工業革命的唯物主義價值背道而馳，那些價值觀強調必須積極、務實、有效率，然而這幅畫宣揚的卻是憂鬱。」

「我們去看米開朗基羅的時候，你已經跟我講過這個詞了！」

「妳的記憶力眞的很好。憂鬱是一種沒有明確理由且難以撫慰的悲傷；這是一種更模糊且痛楚更深刻的感覺，有時近乎瘋狂，在這種情況下，一切都失去了意義，爲未來所建構的一切似乎都注定會消失。看看那個輪子，它的取景方式使每個人都被拋出畫作的界限，也就是拋出世界之外。憂鬱，就是除了已經發生的事情之外，一無所有。」

蒙娜皺起眉頭。對一個像她這樣敏感的孩子來說，「悲傷是吸引人的」這樣的想法即使不一定令人愉悅，卻也是挺令人好奇的。亨利淸楚地感覺到這一點。

「憂鬱，」他解釋道，「是沒有理由的。陽光帶來喜悅，月光卻使人感到憂鬱。然而，在這裡，一切都沐浴在銀色的光芒之中。勇敢昂首的臉龐能激發力量，微微垂首則帶來憂鬱。然而，在這裡，閉著眼睛的女子將她的頭轉向地面。翠綠的花園或全新的建物表達的是生命，古老的建物表達的則是憂鬱。然而，在這裡，背景是龜裂的灰色古老石頭。這種夜晚的氛圍、這個微傾的身影，還有這個礦物質感的裝飾，這些都有一種難以形容的美，但這是一種帶有悲傷氣息的美……。反之，這種悲傷的氣息會激起情感，透過這些情感，我們得以稍微窺探存在的奧祕。蒙娜，聽我說，享受美好的生活是很棒的，但幸福激起的只是事物表面上的火花；而憂鬱，它開啟了宇宙有意義和無意義之間的裂縫，讓我們看見深淵及其深度，因為那是我們自身的裂痕。藝術家們已經明白這一點，他們會培養憂鬱來創作作品。這幅畫要說的，我親愛的，就是我們必須珍惜憂鬱。」

「這就是那位女士這麼漂亮的原因嗎？」

「有一部分是這樣。我們可以說這是那個時代所有詩人共有的刻板印象，他們認為女性是致命的。由於那些維持這種簡略印象的人沉迷於他們的受害者身分，因此這種印象就更為牢固。所以，是的，正如妳所說的，不論好壞，命運女神都是美麗的，同時也因為在伯恩—瓊斯眼中，最糟糕的同時也是最好的。」

蒙娜喜愛言語中所有這些弔詭的轉折表達。至於亨利，他則巧妙掌控著這些弔詭的表達，確保它們不僅只是思考的線索。然而，在此，他真誠地相信伯恩—瓊斯和他那個世代的人完全體現了這種修辭風格。這群人在內心深處感受到一種矛盾的快感，我們可以說這是一種**被虐狂**。噢，而且亨利記得，「被虐狂」這個詞源於一位與前拉斐爾派和伯恩—瓊斯同時代的人，那就是作家利奧波德・馮・薩克—馬索克[91]，他在一八七〇年寫了一本小說，就叫做《穿裘皮的維納斯》。該死！正是這本小說給了「地下絲絨」創作那首歌的靈感，而這首歌在幾分鐘之前已經烙印在他的腦海中了。啊！他怎麼會一直忘了這一點呢？因此，他意識到，他到了八十四歲還在學習東西，這實在太美妙了。

91 利奧波德・馮・薩克—馬索克（Leopold von Sacher-Masoch，一八三六—一八九五），這名奧地利作家的代表作是《穿裘皮的維納斯》（*La Vénus à la fourrure*），書中主角迷戀一位女性，自願成爲其奴隸並受其驅役。「被虐狂」的法文爲masochiste，正是從作者的姓氏而來。

30

文森・梵谷

穩住你的眩暈

30

Vincent Van Gogh

Fixe tes vertiges

自從蒙娜偷了裝有柯蕾特舊剪報的牛皮紙信封後，三個星期過去了。小女孩不太明瞭這篇文章在講什麼，讀完後感到相當苦澀，不想深入了解其眞正的內容。她想要把這個印象從記憶中抹去，但對「奶奶」的回憶卻以一種過於令人震撼的方式在她內心甦醒，讓她無法下決心拋開記憶。祖母在催眠過程中的神祕出現，以及在父親的舊貨店裡發現屬於她的物件（這同樣不可思議），這些經歷交織在一起，爲她帶來一股無法遏止的淡淡憂傷。有時，當她獨自在店裡時，她會忍不住想要悄悄溜回地窖去偷取另一份檔案。然而，這遠非僅僅是孩子樂在其中的脫序行爲，在她看來，這個想法彷彿讓人陷入痛苦之中，所以她放棄了。

一個週日的傍晚，這個因無法更深入了解這名女子而帶來的悲傷，被另一個更難應付的悲傷所取代，那就是沒有完整的她在身邊所帶來的悲傷。沒有她的聲音和注視，沒有她能帶來救贖的笑聲與最微不足道的動作。突然之間，這個缺口變得如此之大！蒙娜在店鋪後方的房間裡做功課，她坐在地板上，身邊圍著堆積如山的紙箱，她淚流滿面。「我眞是一團糟，」她告訴自己，「我會因爲哭泣而被罵。」這實在令人吃驚，一個孩子竟然會因她最純眞的悲傷而感到內疚。她用手肘拚命地擦拭臉頰，淚水浸濕了她那件淡紫色的棉質襯衫。接著，她突然覺得，爲了收集祖母留下的痕跡，有必要搜索舊貨店的每個角落，於是她起身走入昏暗之中。她立在地板門前，彎腰想要打開它。然而，她沒有拉起厚重的門板，而是跪在那裡，哀悼感傷讓她陷入新的回憶裡。

蒙娜當時三歲，她窩在柯蕾特的膝蓋上，看著一個又一個的小盒子，這些盒子不大，有些很珍貴。她打開、闔上、探索它們。這些小匣子和蓋子眞有趣啊，裡面裝了十幾個物件，有發黃的香包、照片、珠寶，或甚至空無一物！直到蒙娜從其中一個盒子裡拿出一枚包金的獎章，上面有聖母和一個孩子，背面刻了一個名字：「柯蕾特」。

「這個啊，我親愛的，這個對我來說再也沒有任何意義了。」祖母吐露，然後指著掛在她脖子上的蟹守螺，補充道：「這個才重要；而且總有一天，它會是妳的。」

蒙娜感到祖母的手放在她的肩膀上，如此親切、如此溫柔。孩子閉上雙眼，一直哭泣，無法離開這個從亡者之中回來的鬼魂；她將永遠跪在這扇地板門之前，沉浸在這份重新發現的虛幻情感中。當蒙娜睜開眼睛，擁抱她的不再只有雙手，還有巨大而溫柔的雙臂。

「擦乾妳的眼淚，我的小女孩，我在這裡。」父親輕聲對她說道。

＊

蒙娜帶著憂鬱接近奧塞美術館。由於她不敢跟亨利談論她的祖母，她就問他是否相信我們可以找回那些永遠失去的東西，這樣就可以在談論這個主題的同時也迴避觸及核心。困惑的亨利誤以爲她說的是完全失去視力的恐懼。他強忍著痛苦的表情。

「妳要記住菲利普．德．尚佩涅的畫作……」他試著安慰她。

於是蒙娜想起來了，永遠都要相信奇蹟，但這無法給她帶來安慰。羅浮宮的那堂課曾經對她有用，但此時此刻卻一點幫助也沒有。她希望自己的祖父能馬上成爲神奇的實現者，證明奇蹟事實上是有可能的。但她知道這並不公平，因爲奇蹟是無法被操控的。沒必要讓他面對意料中的失敗，因爲這會使他們倆都感到喪氣。但是她那顆依舊稚嫩的心在天眞和些許自私之間搖擺不定，忍不住哀求他：

「喔，爺耶，創造奇蹟吧！」

亨利微笑著，嘆了一口氣。

「妳並不是每個星期三都這樣要求我，但是這一次，好吧……」

蒙娜睜大眼睛。然後，亨利以一個莊嚴的手勢，指向約三十公尺外的美術館。她立刻就明白了，幾週前幫他們拍照的那對年輕情侶就在那裡。她驚呼一聲，鬆開祖父的手，穿過成群的觀光客衝到這對戀人面前，懇求他們不要把照片刪掉。不，他們說（他們自己也很高興再次與這個孩子不期而遇），照片仍保存在手機裡，裡面的蒙娜和亨利在整個世界上方、在陽光下遨翔。小女孩氣喘吁吁，拼出一個電子郵件住址，相片立即就被送到。

「爺耶，爺耶，這太瘋狂了，這太瘋狂了。」她大喊，陶醉在喜悅之中。

「瘋狂？好吧，嗯，那我們來談談瘋狂吧。」老人如是想著。

今日畫作以直立的形式呈現，一座鄉村教堂矗立在春天的草地上。草地形成某種金字塔型，兩邊鑲著近乎對稱分岔的道路，這兩條路最後將建築物包圍起來。小徑上明顯可見黃色和栗色的筆觸，呈現出美好一天的溫暖色調。教堂的視角略微側向，由於是縮影，所以顯得非常緊湊，實際上，我們看到的是教堂的後面，也就是圓室，從構圖的左邊到右邊依次是禮拜堂的外部、靠著山牆的半圓形後殿、然後是小祭壇，共有三個大基座和兩個較小的基座。在景深部分，鞍形鐘樓（有兩片相對的斜屋頂）主導了整個畫面。在天空的映襯下，融合了哥德式和羅馬式風格的建築清晰可見，鐘樓上方的天空由多種藍色組成，雖然天上沒有雲朵，但彎曲的環狀筆觸給人一種氣團移動的印象。會不會是一場暴風雨？但我們更確定這是夜晚降臨了，因為畫作的兩個角落非常暗。最重要的是，這些由屋頂、角柱、飛簷組成的建築線條與背景的漩渦圖形保持一致，似乎都在輕輕搖擺，或者在晃動，彷彿凝視這個景象的目光是醉醺醺的。最後，儘管被教堂遮住了，我們還是能隱約瞥見地平線上有村莊的跡象，包括樹木和橘色的瓦片。還有前景中那位穿著長裙、戴著帽子的農婦身影，她背對著我們，走在左邊的小路上，她的輪廓是用粗圓圈勾勒出來的，這種畫法在畫作中幾乎隨處可見。

蒙娜被這幅畫迷住了，她持續看了整整半個小時，陶醉於其中。

「你知道的，爺耶，」最後她嘟噥著，「爸爸喝太多的時候，我想他看到的東西就有點像那樣。」（她用手模仿教堂不平衡、浮動的外觀。）

「永遠都不要忘了妳有一個很棒的爸爸，我親愛的；他愛妳，而且他非常敏感。具有高度敏感性的人經常沉浸在醉意之中，因爲醉意會讓這種特質更加敏銳。例如文森・梵谷，他嗜喝苦艾酒，這種酒被稱爲『綠色仙女』，雖然現在已經被禁止了，但是在他那個時代，苦艾酒的價格比一杯葡萄酒還便宜，這同時激發了他的天分和瘋狂。妳說得沒錯，在這幅畫作裡，邊緣是彎曲的、輕微浮動著，不協調的顏色突然出現，例如在部分屋頂上出現的橘黃色，它原本應該是灰色的。」

「他生病了嗎？」

「梵谷爲多種心理障礙所苦。在這幅畫中，我們甚至可以將這兩條對稱的小路解釋爲他腦中分裂的象徵，因爲他已經完全不再是他自己了。」

「這是說他有點……凶惡嗎？」

「絕對不是這樣的，蒙娜。瘋狂與凶惡無關。梵谷確實可能表現得具有攻擊性，但是他更像是醫師今日所稱的『超同理心』。這種人非常敏感，甚至能感受到他人所經受的。他會對遇到的每一個人都產生強烈的情感；他認同他們，希望與他們稱兄道弟。即使是在構圖左邊這個渺小的農婦身影中，妳也可以確定他投入了整個靈魂。文森在一封一八八八年寫給弟弟西奧[92]的信中，就此寫下一句震撼人心的話，他說『沒有什麼藝術比愛人更眞實』。」

「喔，爺耶！這太美了！這就是我們的今日教導！我求求你！」

「別急！妳先告訴我，妳在這幅充分體現了這種愛的畫裡看到了什麼。」

在被兩條路圍繞的草地上，矗立著一座建築物，蒙娜產生了幻覺，看到一個心型的圖形符號。這個念頭的確不錯，但她現在已經有足夠的經驗來區分自由的幻想和眞正的象徵。這個念頭確實是一種幻想。不過，她卻以懷疑的語氣提到了教堂。在她眼裡，這不完全是理所當然的，因爲每當她的父母（尤其是她母親）提到基督教價值時，必然會充滿輕蔑的冷笑。但對她祖父來說，信仰與對神聖事物的尊重是十分嚴肅的事情，不能簡化爲隨意且慣常的嘲笑。

「是的，對梵谷來說，這座教堂就是愛的具體呈現。喔，當然，他不是天主教徒，而是來自荷蘭的新教徒。不過，他是一名虔誠的信徒；年輕時，他想要成爲牧師，這樣才能經常與小人物爲伍。這種謙遜可以在他處理這座教堂的方式中瞥見：他沒有選擇凱旋式的入口，也就是建築物的正面，而是它低矮的後面，亦即它的圓室。」

92 西奧・梵谷（Théo van Gogh，一八五七—一八九一），荷蘭藝術品商人。

蒙娜不合時宜地笑了起來，引得旁邊一位訪客不加掩飾地發出牢騷。那是一名年輕男子，一副自命不凡的模樣，還模仿十九世紀的丹迪男時尚，打著一個可笑的大花領結。蒙娜假裝向他道歉，手指則在背後交叉[93]。然後她要祖父彎身，湊近他耳邊對他說她的靈感，爲什麼她突然覺得有趣，因爲她意識到梵谷畫的其實是這座十二世紀古老建築的後半部，就像他取景的區域是躺著的野獸的臀部，而不是頭部。

「就是教堂的屁股！」

媽呀，亨利心道，這個孩子的想像力絕對很豐富……。不過，這種看法並非缺乏直覺。他喜歡梵谷這種略顯混亂喧鬧的感覺。畢竟，瘋狂不就是一場與自己的大型狂歡嗎？儘管如此，他還是重新注入了一點嚴肅感。

「這幅畫色彩繽紛，但梵谷並不是一直都用這樣的色調在畫畫。年輕時，他經常出入礦區，他早年的畫作以炭黑色爲主。直到一八八五年至一八八六年，他在安特衛普首次接觸魯本斯的作品，然後在巴黎認識了印象派畫家，還遇到保羅．高更[94]，他的畫作才變得更加鮮明。當梵谷於一八九〇年在瓦茲河畔的奧維爾小鎮[95]畫這幅畫時，他對光的追求達到顛峰。」

「所以，這意思是說他是開心的？」

「不完全正確（亨利遲疑了一下），或者更確切地說，妳是對的，因爲他畫畫的時候極爲開心。他只要有一隻畫筆在手，就足以欣喜若狂。但是，妳要知道，他的耀眼作品和不幸生活之間有著巨大的差距，這已經是衆所周知的事了。抵達巴黎後，他相繼歷經了希望與失望。例如，懷有公社精神的梵谷想要與高更一起創建一個藝術村，於是他們一起住在法國南部的阿爾勒[96]。然而問題出現了，爭執不斷發生，高更再也受不了他的伙伴，並宣布他要返回巴黎。悲痛的梵谷用剃刀割下自己的一隻耳朵。他被關進了瘋人院，幾個月後他出院了，但是他的狀況仍需要密切的醫療照護。最後他來到奧維爾，因爲在離這座教堂僅幾公尺的地方，住了一位名叫嘉舍[97]的醫師可以照護他。」

---

93 這個動作是「我在撒謊」的意思。

94 保羅・高更（Paul Gauguin，一八四八—一九〇三），法國印象派畫家。

95 瓦茲河畔的奧維爾小鎮（Auvers-sur-Oise）位於法國北部，鄰近巴黎，通常簡稱爲「奧維爾」（Auvers）。

96 阿爾勒（Arles）是位於一座法國南部的歷史古城。

97 嘉舍（Paul Ferdinand Gachet，一八二八—一九〇九），這位法國醫師本身也是一名藝術家暨收藏家。

「我啊，如果我是那位醫師，我會特別讚揚他用的那些藍色。」

「他非常喜歡這些顏色。而且確實，梵谷很仔細地用深藍色來描繪天空，純鈷藍的教堂玻璃窗與之遙相呼應。建築物的石頭映上淡紫色的光澤。然後，當我們的目光慢慢掃向作品下方時，構圖裡出現了斷裂……」

「這就像天空一片漆黑，尤其是在畫作的兩個角落，教堂比較明亮一點，但是，好吧，是介於明與暗兩者之間。相反的，草地中間的小路很明亮，我們可以看出這是春天。你明白嗎？爺耶，這既是白日，也是夜晚。」

「這是眞的。這兩種對立的自然力量透過梵谷畫作的準確性，同時結合在一起，但是這幅畫……」

「……這幅畫，它缺少了牢固性。」蒙娜用先知般的語氣打斷他的話，「你還記得我們談論塞尙的時候嗎？你告訴我那是『緊湊』。但是這裡，分歧非常明顯，就像會塌下來一樣……」

「……因爲筆觸的結構受到影響。」這回換成亨利打斷她了。「這幅畫似乎快要撕裂了，就像前景的小路被分成兩個相反的方向一樣。但這只是因爲不穩定而已。想像一下，有一位詩人的經歷和梵谷驚人地相似，那就是亞瑟・韓波。梵谷生於一八五三年，死於一八九〇年，而韓波無論是出生還是死亡，都正好比他晚一年。這兩個人的創作期都非常短，而且同樣關注表現力的強度，但他們所處的時代對他們相對冷漠，例如梵谷在世時只賣出了一幅畫！他們成爲眞正的神話是之後的事了。而且他們兩個人都捲入一段既豐富又有害的關係，分別是韓波與魏倫，梵谷與高更。再說，他們結束生命的方式可怕且殘酷，尤其是這位畫家。就在妳看到的這幅畫完成後不到兩個月，梵谷就朝胸膛開了一槍，結束了自己的生命……。韓波和梵谷從未見過面，但是，詩人在他最有名的詩集《地獄一季》[98]中，已經無意間提供了這幅畫的啟示了。」

「韓波說了什麼？」

「他說：『我穩住了眩暈。』」

「喔，是的，爺耶！」蒙娜嘆了一口氣，語氣中帶著前所未有的成熟與嚴肅。「這就是這幅畫的意義：這就像我們感覺有點暈眩……而且永遠如此！」

98 *Une saison en enfer*

當他們帶著醉意遠離這件作品時，蒙娜在美術館的走廊上再次與那個打著大花領結的年輕學究眼神交會。男子擺出一副煞有其事的模樣，向她輕蔑地撇了撇嘴。蒙娜這次真的忍不住偷偷地向他吐了吐舌頭。

31

卡蜜兒・克勞岱爾

愛就是慾望，而慾望就是匱乏

31

Camille Claudel

L'amour est désir et le désir est manque

馮・奧斯特醫師才剛把三根手指放到蒙娜的額頭上，蒙娜就發現自己像上次就診一樣，又面臨在廚房桌前的失明經歷與在那裡形成的漩渦。她覺得自己快要被淹沒了。漩渦以一種奇異且無法形容的方式，由陷入黑暗的可怕事件與深埋記憶的萬花筒同時構成，彷彿只能在潛意識中產生。可以說，蒙娜的視力雖然暫時消失，卻開啟了一條通往時光隧道的道路，其法則對現實世界的物理學來說是完全陌生的。在那裡，向心力和離心力在黑暗的深淵中相互衝撞，但是光的波動仍然穿透而出。

蒙娜的眩暈並未停歇，記憶如地震般突然湧現。在這裡，透過一扇微開的門，她看見「奶奶」從容地搖頭以示「不」，而卡蜜兒則緊握拳頭、夾雜著憤怒與淚水在哀求她；在那裡，她隱約瞥見一張巨大的桌子，還有以柯蕾特之名舉杯互碰的鏗鏘聲；在別處，她聽見祖母的聲音迴盪不已。她說：「這會保護妳免於一切傷害。」這些話語沒有任何具體的形象，那只是一個看不到面容、不斷循環的聲音，還伴隨著一種觸覺上的感受，像是釣魚線和非常堅硬的螺旋狀貝殼，一端是尖的，另一端是中空的。她感覺吊墜環繞著她的脖子。

記憶的漩渦加速，蒙娜那顆身兼船長與乘客的大腦已經追不上了。馮・奧斯特醫師甚至不用喚醒她，她就突然醒過來，劇烈的痙攣讓她渾身顫抖，並嘔吐起來。她爲此感到羞愧。馮・奧斯特從未見過這樣的結果，他感到遺憾，但是也引起了他的好奇心。當卡蜜兒回到診間，發現女兒的狀況時，她冷冷地指責醫師，醫師結結巴巴地說了幾句道歉的話。蒙娜則表示一切都很好，但沒有向母親提到這次的新體驗。

地鐵裡，卡蜜兒試著淡化這個事件：

「當我想到他曾跟我說這會是五十／五十的機會！但是妳，妳則是百分之百，一定的！」

雖然這句話並未特別針對誰，卻把孩子嚇壞了。五十／五十？百分之百？她清楚記得幾個月前母親和醫師之間的對話，這是不是指之前提過的完全失明的風險？卡蜜兒睜著圓圓的大眼睛，不以為意地笑了笑。

「完全不是這樣的，親愛的，這是醫師在評估妳是否容易被催眠！」

誤會消除了，這讓孩子很開心，但是噁心感依舊強烈。於是，回到蒙特伊的家後，她用另一段眩暈的回憶來取代這種不適，那就是在她祖父肩上的時刻。她把跟他在美術館廣場上的合照印出來，貼在她的房間牆上，就在秀拉的海報旁邊。

*

奧塞美術館的展廳裡有十來個年輕人（他們一定是美術學院的學生）圍著一尊雕像。那是一大塊的大理石，上方浮現一顆戴著軟帽的女人頭。這些素描新手正在將羅丹的浮雕〈沉思〉[99]描繪到畫本上。整件作品給人的印象至少是模稜兩可的，像是一個人從未成形的材料中冒出來，也像是被囚禁在這個材料裡，因爲缺少了四肢、上半身、甚至脖子。在這些手拿鉛筆、靜靜研究作品的人群中，蒙娜注意到有一位素描者一邊作畫，一邊咯咯地笑著。蒙娜悄悄地看了一眼她的草圖，發現她完美複製了羅丹的作品，尤其是那塊石頭的皺摺。而且她忍不住在畫像上方加了一個漫畫用的說話氣泡……並寫道：「有人可以借我手臂嗎？」這個玩笑既放肆又無禮，讓蒙娜放聲大笑。那名女學生對孩子的反應感到受寵若驚，她眨了眨眼，把那頁寫有題詞的紙張給了蒙娜。亨利當然爲他的孫女感到高興，但他仍告訴自己，是該向大理石表面上的這張臉龐致上更嚴肅的敬意了，因爲那是卡蜜兒·克勞岱爾的面容。於是他們來到一座大型青銅像前。

這是一座由三個人像組成的雕像群，由右到左分別是一名跪在地上的裸身女孩，她向一個拋棄她的男子哀婉地呼喊，還有一名如同邪惡天使般的老婦人伴隨著這名男子（或許是在鼓勵他）拋棄女孩。男子裸著身，不過恥骨的部分有一塊布遮著，他轉身背離那名哀求者，步伐既堅定又認命，而他緊繃的身體則與底座呈對角線，就像一棵因暴風雨而傾斜的樹。他的肌肉不發達，胸膛的皮膚顯得乾癟。他的表情堅定，但明顯削瘦。儘管如此，這個身影因腿部支撐的線條和施力，還是散發出一種強而有力的印象。這也要歸功於那雙手的大小與擺放的位置，尤其是向後翻轉的那隻手，這讓他與那名被拋棄的可憐女孩保持了一定的距離。引導男子遠離的那名女性顯然已經上了年紀，她的頭髮猶如破布，臉龐乾癟得可怕。檢視這座雕像的反面，我們可以看到她有些怪誕的臀部和翻飛的披風，就像在風中飛舞的斗篷或可怕的翅膀。她圍著這個逃跑的人，推著他走，雙手搭在他的手臂上。她在男子身後飄動，臉幾乎貼著他的額頭，似乎是在向他耳語，叫他不要轉身。這兩個人的底座是一塊不平整的岩石地面，有不同的橫向平台，而那名哀求者的位置比較低，她在憤怒與絕望中倍感羞辱。她歪著頭，挽著一個樸素的髮髻，頭頂的高度剛好在逃跑者的大腿處。男子的指尖離地上那名年輕女孩的指尖只有幾公分的距離；這些指尖實際上非常接近，但又保持著無限遙遠的距離。

蒙娜對這名老男人的頭部產生了一個奇特的印象，她注意到那裡有許多宛如皺紋的條紋，如同溝壑，幾乎像是疤痕。這不是一張受過傷的臉，不像她祖父那樣，傷口從顴骨一直延伸至右眉毛……。不，這是一張被時間無情地從內部劃開的臉。

「他們太可怕了，這兩個人。」蒙娜指著遠離懇求者的那兩個人物，如此說道。

「這很正常，因爲他們象徵著衰老和死亡。這些是……」

「……寓意！」

「很好。這些都是生活中最悲劇性的寓意。骨頭突出的可怕女人是有限性的擬人化，她引導著一名男子邁向成年，而他卻無法抗拒。」

「爺耶……我們什麼時候會變老？」

「每個人都有自己的答案，蒙娜。我啊，客觀來說，我已經老了。不過我並不覺得自己老了，至少，當我跟妳在一起時，就不覺得老……。不如讓我們試著對這件作品提問，來尋找答案。在這裡，衰老顯然是一種衰退，卡蜜兒．克勞岱爾用拇指尖到處塑造這種粗糙的質感，揭示了這場悲劇。妳靠近看看，例如這名女子的頭部，她的雙眼深陷，幾乎讓人以爲它們被挖掉了……。很顯然的，衰老與身體的衰退是密不可分的。然而，藝術家讓我們注意到邁向『成年』的主觀面向爲何，那就是當我們自己選擇放棄青春、當我們轉身背向青春時。」

這些話語，就像討論〈奧南的葬禮〉時所說的那些話一樣，與蒙娜自己的處境相呼應。她很自豪地感到自己是祖父永恆青春的守護者；她也因此而深受感動，但這份感動近乎於一種紛亂的情緒。

「實際上，這件作品影射的是卡蜜兒．克勞岱爾和奧古斯特．羅丹這兩名藝術家各自的命運。這兩個人深愛著彼此，卻遭遇重重阻礙。羅丹擁有巴黎最有名氣的工作室，也是卡蜜兒的老師，巨大的年齡差異將他們分開，而且羅丹與蘿絲[100]共同生活了很長一段時

[100] 蘿絲．伯雷（Rose Beuret，一八四四—一九一七），伴隨在羅丹身邊長達五十三年。

間，蘿絲比她的年輕情人年長許多，她不希望自己的男人被搶走，這一點我們當然可以理解。卡蜜兒因而備受折磨。儘管他們的關係充滿激情，但羅丹最後還是讓她知道，他永遠不會離開蘿絲；此外，他在去世前幾個月跟蘿絲結婚了。正是在這種打擊下，誕生了〈成年〉這件作品。」

「所以，跪在那裡哭泣的是卡蜜兒，因爲羅丹與拉著他手臂的蘿絲一起離開了，是這樣嗎？」

「沒錯，蒙娜，就是這樣。但是要注意，卡蜜兒並不是單純爲了她自己而創作這件作品。她獲得了法國政府的官方委託，這對她來說是一種認可。她利用這個機會，從自己的生活中汲取靈感，創作了這件作品。換句話說，她希望透過作品來表達不幸，從而獲得大衆的肯定，而羅丹正是這個不幸的根源。」

「這很奇怪，因爲，如果羅丹是她的老師，她應該會說他的好話！」

「是的。但是，創作一個像這樣的雕塑作品是非常漫長、非常複雜的。我們不會像處理大理石那樣直接切割材料。我們會先製作能做模具的生石膏，再進行青銅的鑄造作業。這一系列步驟要花很多錢。因此當羅丹知道卡蜜兒正在把這個令人心碎的悲愴場景搬上舞台，而且這對他不利時，他採取手段讓政府收回委託，從而讓自己避開了一場醜聞。」

「啊，可以確定的是，如果他太太看到自己像這個樣子，她一定會非常生氣……」

「這是一定的！所以，卡蜜兒的這位老師，羅丹，他在她即將突破學生身分時，阻止她取得應有的成就。」

「但是你看，還是有一座雕像，它就在我們面前啊！」

蒙娜的坦率讓亨利想到弗里德里希·恩格斯[101]的名言：「布丁好不好吃，吃了就知道。」於是他向她解釋了〈成年〉的曲折經歷。當政府怯懦地解除委託時，一位名叫提西耶[102]的軍官對這項計畫讚嘆不已，他以個人名義請卡蜜兒爲他製作了一個青銅版本，這讓雕塑得以被製作成相當大的尺寸，大約是眞人大小的一半。

蒙娜因而領悟到，一件傑作的存在有時取決於那些奇蹟般的小事，而且我們永遠都要

101 弗里德里希·恩格斯（Friedrich Engels，一八二〇—一八九五），他是馬克思（Kar Marx，一八一八—一八八三）的摯友，兩人共同於一八四八年出版《共產黨宣言》（*Manifest der Kommunistischen Partei*）。

102 路易·提西耶（Louis Tissier）於一九〇二年訂購了這件作品，並由其子安德烈·提西耶（André Tissier）收藏，直到一九八二年才連同卡蜜兒寫給其父的八封信一併贈與奧塞美術館。

向那些能比其他人更早看見一名藝術家才華的先驅們致敬。她心中想著這位提西耶上尉，舉手與太陽穴形成垂直，向他行了一個友善的軍禮。

亨利避談卡蜜兒精神錯亂及其可怕的命運。卡蜜兒錯過了在世時本該擁有的榮耀，最後在沃克呂茲[103]的精神病院度過餘生，在那裡，等待她的是寒冷、飢餓、缺乏照料、整天尖叫的住院者……。還有譫妄：一九三〇年代，儘管她知道羅丹已經去世，但這名被奪去一切的可憐女子仍堅信，他曾下達命令要求繼續迫害她。她被所有的人拋棄了，包括她身爲外交官的詩人弟弟保羅，最後於一九四三年的秋天長眠在一個公共墓穴裡。啊！這個令人掬淚的命運似乎深深地銘刻在這位跪在地上的遭難者身上，她徒然地吶喊著愛的祈禱！她併攏的手指緊抓著虛無，蒙娜的目光無法從中移開。

「當妳觀看藝術作品時，蒙娜，妳可以確定的是，藝術家們經常很注重手的表現。試著猜猜看爲什麼。」

「唔，這簡單，因爲他們就是用手工作的！」

「是的。這是他們從業的工具，而且正是這個工具孕育了所有最動人的表達方式。再說，雙手擁有巨大的表現力。看看這個雕像。在這條大斜線的中間，有一個分界點，那就是雙手分開的地方。年輕女子的雙掌分開，如鉗子般的雙臂張開，她發現自己被拋棄了。至於那名男子，他僵硬的手指滑脫了。這些緊繃的手指充滿力量，而肌肉發達、青筋暴露的手腕讓它們顯得更有張力，它們代表了告別、拒絕，還有粉碎。」

「你知道的，爺耶，這就像是最重要的東西，就是在手中的東西，也就是說，其實手裡是空無一物的……」

「妳說得很對。一件雕塑作品無論多麼龐大，依舊是由實心與空心構成的。而在卡蜜兒的作品中，無論青銅的不朽性爲何，空心確實就是主要的主題。整個〈成年〉的矛盾就在這裡……」

「是嗎？」

「空心，就是沒有被塡滿的事物。」

「你可以再解釋一遍嗎？」

「這個嘛，妳要知道，蒙娜，沒有什麼比愛更美，沒有什麼比吸引力更強大，吸引力

103 沃克呂茲省（Vaucluse）位於法國東南部，省會爲亞維農。

就是我們對某人的傾慕。當這些感覺是相互的，我們會感到某種絕對的感覺。但是卡蜜兒的雕塑要告訴我們的，它的偉大寓意就是，無論如何，愛從來就不會完全被填滿。就算在短暫的塵世生命中它曾經被填滿，但時間和死亡最終也會將戀人們分開。」

「但是，這樣太悲傷了……」

「是的，當然，這很悲傷，這甚至是最糟糕的不公平……。但是，妳要明白，這個不可化約的空，正是慾望得以維持的原因；正是因爲如此，所以我們活著、體驗到最強烈的情感，正是因爲如此，所以我們會採取行動。這個雕塑作品呈現的是愛情的悲劇性，這是毋庸置疑的，但是，妳不覺得這些人物的姿態、這件作品的構圖給人一種震撼的感覺嗎？」

「也就是說……啊！這或許是傻話！但是，你看，其實還是有動作的！」

「是的，他們都被一股強大的能量所驅動。構圖的動態是向前的投射，而不是靜止的重力。這完全不是愛洛斯對抗桑納托斯[104]（這些是愛神和死神的希臘名），這是愛洛斯在受挫中的爆發。因此，這個〈成年〉的教導，就是古代偉大的哲學家柏拉圖告訴我們的：『愛就是慾望，而慾望就是匱乏。』」

蒙娜聳聳肩。這一次，她完全無法理解她所崇拜的這位長輩的最終論證。「唔，」她想，「所有這些果然是為大人準備的故事。」回到蒙特伊的家裡，她急忙把美術學院的學生送給她的有趣素描釘起來，掛在她騎在亨利肩膀上的那張照片旁。然後，她在即將入睡時，試著至少去理解今日教導的片段。但是這對年幼的她來說還太抽象了。她沉沉入睡。

還夢到了紀堯姆。

104 在古希臘神話中，愛洛斯（Éros）是愛慾之神，相當於古羅馬神話中的邱比特；桑納托斯（Thanatos）是司掌死亡的神祇。

32
古斯塔夫・克林姆
讓死亡的衝動活下去

32

Gustav Klimt

Que vivent les pulsions de mort

蒙娜離開食堂後，跨坐在操場的一張翹翹板上。小貓造型的蹺蹺板是爲幼稚園學生設計的，而她現在長大了，無法自在地擺動翹翹板，因此她只是坐在那裡，觀察著周圍的喧嘩。到處都有人在奔跑、叫嚷，沉浸在學期末的歡騰之中。這個景象讓她著迷，而且她不忘狡黠地鼓勵那些最淘氣的同學們，讓他們在叫喊與奔跑中更加賣力。

太陽的軌跡逐漸讓她感到眩目，一種奇異的感覺湧上心頭。在七、八月的歡樂之後，中學的門口隱隱浮現，離她一直就讀的這所學校很遠。多年來，她在這裡度過的時光讓這所學校最終成爲蒙娜的童年化身。

陽光讓她睜不開眼睛，她轉頭向右，然後在旁邊的翹翹板上看到了紀堯姆，那個大個子紀堯姆。她記得前一晚曾夢見他，這讓她低聲笑了起來。她盯著他，沉默不語。他現在戴著一副圓形的玳瑁眼鏡，看起來很平靜，完全卸除了幾個月前所有孩子都熟悉的攻擊面具。他不再踢足球了。他曾經是個成績不佳的學生，現在成了一名優秀的學生。紀堯姆跨坐在小狗造型的翹翹板上，正在閱讀《哈利波特》。

自從蒙娜對他的困惑情感被轉化爲善意的遺忘後，已經過了好幾個星期。然而，在這個奇特的情境中，他們並肩跨坐在一個太小的板子上，似乎平穩地邁向青春期，而她以另一種方式重新認識了他。他從書本裡抬起頭來，看向蒙娜。他們這樣待了多久？隨著時間在操場漫天的喧鬧和灰塵中一點一滴地流逝，幾秒漸漸變成了幾分鐘、幾年、幾世紀。

蒙娜覺得他非常好看，而當她感覺自己被注視時，她感到困惑，覺得自己變美麗了，這種感覺隱約令人討厭，但又這麼讓人愉悅。他們想要一起放聲大叫，好打破童年的桎梏並相互擁抱。她沉默，他不發一言；她屏息，他一動也不動。他們永遠不會承認，在生命的初期如此相遇是多麼的美好。

*

隨著七月逐漸來臨，蒙娜開始擔心起來。她是否必須中斷與祖父每週參觀博物館的行為？他們的約定已經過了八個月。但是，照理說，在暑假期間，醫療約診就不會再進行，他們的把戲很有可能會中斷……。還有，她的父母可能會在某個時候問她一些關於這些幽靈諮商的事！屆時她該說什麼？亨利為了讓她放心，便告訴她，卡蜜兒和保羅曾堅定地向他發誓，說他們永遠不會干擾這些與「心理醫師」的會談，這是他的責任和特權，只屬於他自己。蒙娜點點頭，衝向他沾滿古龍水香味的外套，緊靠著他削瘦且突出的肋骨。曾經，蒙娜會溫柔地緊抱著祖父的膝蓋，然後是腰部，而現在則是胸膛，這種觸感上的轉變標誌著她成長的嶄新階段。她摟著祖父，膽怯地問：

「爺耶，你可以告訴我什麼是心理醫師嗎？」

亨利笑了。是時候該去維也納走走了。是時候該與「潛意識的畫家」較量一下了。所以，也該是時候去會見古斯塔夫．克林姆了。而且這幅奧塞美術館擁有了幾十年的畫作，即將歸還給戰前遭掠奪的家族後裔，因此更是刻不容緩。

在一個大約一公尺乘以一公尺的方形畫布上，展開了一片果園風景。取景十分狹窄，以致於這幅畫看起來只不過是一大片飽和的綠色小筆觸，立體感和透視效果都被捨棄了。但還是有其他顏色使人聯想到水果和花瓣，包括淡紫色、澄色、黃色，還有被稱為「仙女美腿」的肉色光暈。從左到右，檢視作品的底部，我們可以分辨出六種植物，這些植物生長在一片草地上，這片草地的色調比所有的葉子顏色都要淺。首先是一棵為於較深處的樹木，然後畫布底部有一株矮玫瑰，第二株玫瑰比較高，接著又是一棵樹，占據了構圖的三分之二，之後是第三棵樹，位置也是在稍微深處的地方，最後是第三株玫瑰，與前兩株排成一直線。這些小筆觸聚集在一起，形成了這種色彩斑斕的效果，使得圖案時而消失，時而再現，需要持續的注意。樹幹上冒出異常茂密的球狀物，因此木質部分相對就顯得又硬又薄且脆弱。更特別的是，這棵樹位在畫作底部三分之二的地方，因為它巨大的樹冠占據了大部分的空間。儘管如此，作品的右上角和左上角仍有兩個缺口，顯露出在樹冠頂部的藍色色調，並點綴著紅色，呈現出一片蓋住遠方田野的多雲天空。

畫作帶來的律動讓蒙娜感到眩目，她再度想起自己在課堂上發表的秀拉報告。這個花園似乎散發出數百種氣味，孩子在心中將這些氣味與她祖父的香水味聯繫起來。

「古斯塔夫．克林姆，」她祖父熱情地開口道，「撼動了當時所有的常規。喔，當然，不是立即。起初他迎合了當時的習慣，以一種稱爲『歷史主義的』風格來作畫。這是一種經過精心修飾且充滿戲劇效果的藝術類型，精準地描繪了人類偉大的傳奇時刻。」

「可是，抱歉喔，這更像是一幅奇怪的風景，全部都糾纏在一起，這些樹相互融爲一體……。甚至就像是我們正在從空中看一個花園，而且我們從旁邊看到的都是樹葉！還有，這幅畫缺少了人物和故事！但也許你會告訴我，我錯過了些什麼……」

「妳什麼都沒錯過。這幅畫完成於一九〇五年，自克林姆完全改變繪畫風格以來已經八年了。一八九七年的時候，他在維也納主導了一場名為『分離派』[105]的運動。這個詞標誌著與過時傳統的斷裂，並提出一個更為當代的視角。於是，克林姆的風格變得更鮮明、也更情慾。而且他還是一名挑釁者，經常在畫作中加入金色，把年輕女孩的古典美與死亡的可怕圖像混合在一起。在一幅向貝多芬致敬的橫飾帶壁畫裡，他甚至在一群裸女中描繪了一隻有珍珠般雙眸的巨猴。」

蒙娜偷偷模仿猿猴的叫聲，但是亨利泰然自若地繼續說：

「他經常引起醜聞，有時甚至會招來審查。而且克林姆似乎有點瘋狂，他討厭旅行，還跟不同的祕密情人生了十五個孩子……。他會把自己關起來工作數小時，門口掛著一個牌子，宣稱他不會給任何人開門。反正，儘管他的名聲頗具爭議性，他還是成為維也納的

105 分離派（sécession）是十九世紀末至二十世紀初意圖脫離官方學院藝術的一場新藝術運動，其中由克林姆主導的維也納分離派最為有名。

大紅人，深受贊助者們的喜愛。他既有錢，又有影響力，他所在的城市本身也可說是歐洲的典範。」

「為什麼？維也納是什麼樣的地方？」

「是奧匈帝國的首都，這個強大帝國的統治者是一個家族，這個家族統治了部分歐洲長達數個世紀，那就是哈布斯堡家族。在克林姆的時代，這座城市不僅有不間斷的舞會和音樂會，它還是即將改變人類歷史的重要藝術家、學者與名人的聚集地。它有最好的一面，也有最壞的一面。」

蒙娜不明白這個暗示，亨利也不想要說明清楚。他不提阿道夫．希特勒[106]的名字。這個人在一九〇七年，也就是克林姆創作他充滿愛意的作品〈吻〉[107]的那一年，到維也納美術學院去試運氣，卻被拒於門外。歷史學家瞧不起烏有史的假設，這種假設試著想像除了已經發生的事情之外，還有哪個事件可能引發截然不同的後果。然而，儘管如此，如果當時這名平庸男孩毫不起眼的風景畫能獲得最低程度的認可，那麼二十世紀會是什麼模樣？維也納如末日般的罪孽將一個人推向大規模犯罪者的命運，與此同時，這個城市也引領了荀白克[108]的無調性音樂、阿道夫．魯斯[109]的顛覆性建築、卡爾．克勞斯[110]的批判性新聞、席勒[111]和柯克西卡[112]的瘋狂畫作。

「如果妳思考所有的視覺藝術，」亨利繼續說道，「妳顯然會發現不是只有繪畫。在妳的周遭，各種形式的設計和製造都是爲了讓妳的日常生活變得既實用又賞心悅目。海報文字的清晰度、家具的樸實性、窗戶的透明度，還有地板、方向指標或織物的色彩，這些都是建築師、裝潢師等人不斷在思索的。如果妳走在一個粗糙、灰暗且低矮的環境中，例如在地鐵裡，妳很有可能會感到窒息。在二十世紀初的維也納，我們會非常嚴肅地處理這個問題。克林姆就屬於那樣的世代，他的每一個同伴都希望能徹底改變人們的生活環境，從午餐的餐具到建築物的屋頂，還有裝飾牆壁的作品等等。爲了實現這個目標，他們一方面

106 Adolf Hitler，一八八九—一九四五。
107 *Baiser*
108 Arnold Schönberg，一八七四—一九五一。
109 Adolf Loos，一八七〇—一九三三。
110 Karl Kraus，一八七四—一九三六。
111 Egon Schiele，一八九〇—一九一八。
112 Oskar Kokoschka，一八八六—一九八〇。

倚靠形式上的圖式化和幾何的純粹性，另一方面則倚靠所有藝術與各行各業的結合，不分所謂的主要或次要。」

「什麼意思啊，爺耶？」

「這個世代的創作者不認爲木匠、玻璃工人、裁縫師、雕塑家或使用畫架的畫家之間存有任何價值上的差異。他們具有相同的重要性與合法性。看看這幅畫，它完全被色彩筆觸所覆蓋，並以極簡單且極平坦的方式來描繪有玫瑰的果園。這種美學的靈感來源有三……」

「我知道有印象派，這個啊，這是確定的！」

「很好，這是第一個。還有在二十世紀初重現的古老馬賽克傳統，就是將小塊的石塊、琺瑯、玻璃漿、金漿拼接在一起。雖然這裡用的不是這些材料，但是這種誇張的點畫法和我們稱爲『鑲嵌小塊』的小碎片很像。最後，克林姆的技法也讓人聯想到我們會在壁紙、掛毯或是織品上看到的圖案。因此，裝飾藝術的專業知識和美學已經完全融入這幅畫裡了。」

「這就好像是大自然中到處都有種子和小核仁，而花朵、果實、樹枝和大樹也都需要這些種子和小核仁才能生長！」

「正是如此，蒙娜，我們彷彿看到了花朵盛開的過程。」

「但這看起來也像是爆炸……」

「妳說得對，而我沒有想到這一點。」

他停頓了很久，花了一段時間去思考蒙娜指引的這個方向。

「從物理上來看，什麼是爆炸？」他喃喃自語。「這是一種瞬間的能量釋放，是波段在空間中的傳播。在這裡，是透過從棕色纖細的樹幹到圓形樹冠的樹葉延展，以及色彩筆觸的跳動來呈現的。」

「對，但是，這種爆炸更像是炸彈……。當它只剩下一個洞，空虛、無物，那就是死亡……」

「那麼，在這種情況下，毫無疑問的，這幅畫散發出一種生命的爆發力……（他再度停頓了很久）。不過……妳看，我認爲我們必須充分發展妳的直覺！爆炸是危險而猛烈的，它入侵並吞噬了周圍的一切，直到只剩下虛無。這個嘛，我想，能在這幅畫中看到這一點，也是非常合理的。它將充滿熱情的活力和破壞性的衝動整合在一起。」

「但是，這兩個同時發生，這怎麼可能？」

「是妳向我指出了這個矛盾的線索……（蒙娜並未完全相信，但她很重視這個讚美）。這座伊甸園的急速萌芽，這是一個迅速蔓延的大自然、一個無限狂喜的徵兆。與此同時，妳感覺到了在這片植被中的爆炸氣息，它迸發出多種色彩，而且妳自己也在那裡看到了一種宛如葬禮般的……我也不曉得是什麼，也許是撫慰……。這就是這幅畫的關鍵，一切只不過是相互對立的力量和張力之間錯綜複雜且無法解開的關係，生命驅力和死亡驅力既相似又交織在一起。」

蒙娜思索著。她很想聽懂今日教導的內容，但是發現它晦澀難懂。她注意到在很多方面，這些字眼都類似於上週在卡蜜兒．克勞岱爾的雕塑前所使用的那些字眼。基本上，蒙娜觀察到她表達了一個非常個人化的意象，就是將爆炸的意象跟開花的意象交織在一起。而這就引發了亨利對這幅畫提出的教導。但是，如果她看到的不是炸彈的爆炸，那麼她祖父還能說什麼呢？如果她看到的是一個大蛋糕、是動物或是地圖，他會說什麼？從一個轉瞬即逝的主觀感覺中得出最終的結論，這不就是在扭曲作品的意思嗎？更重要的是，究竟是什麼促使她**看到**這一點？

「爺耶，」她開口問，「爲什麼到處都是花，但我卻覺得那是爆炸？」

「這是妳的潛意識，蒙娜。」

「我的什麼？」

「妳的潛意識。」

「那又是什麼？」

「這個嘛，妳要知道，在維也納，克林姆與住在貝格斯街[113]十九號的教授是鄰居，而這名教授在這幅畫作完成時，已經頗有名氣了。畫家一定會對教授的言論和著作非常感興趣，因爲教授提出了一個觀點，認爲我們的行爲都會受到未被承認的想法所影響。潛意識，就是埋藏在我們心靈裡的一部分，當我們清醒時，它經常侵入，例如莫名其妙地把一個圖像與另一個圖像聯繫起來，就像妳這樣。但是，當我們做夢時，潛意識會毫無束縛地表達出來。正是這個潛意識，它透過那些我們的智力無法立即理解的訊息，向我們揭示許多我們渴望或害怕的事情，而很多時候，我們不知道、不允許或無法表達這些事情。這位教授

113 Berggasse

還補充說，這是因爲我們將這些事情藏在心裡，並對自己隱瞞了這些事情，所以我們才會如此不快樂。因此，他發明了一種職業，並且他自己也從事這項職業，讓他的患者在沒有任何審查與評斷的情況下，講出自己的希望、恐懼、愛戀和怨恨，幫助他們感到更輕鬆、更有自尊、更泰然。」

「但是，如果這藏在我們腦袋裡，他要怎麼辨？」

「他嘗試使用自己發明的技巧，有點像是催眠。」

「這位教授叫什麼名字？」

「西格蒙德．佛洛伊德[114]。」

「那他的職業是什麼？」

「是**心理醫師**。」

[114] 西格蒙德．佛洛伊德（Sigmund Freud，一八五六—一九三九），精神分析學的創始者。

33
威廉・哈莫修依
讓你的內在說話

33
Vilhelm Hammershøi
Fais parler ton intérieur

蒙娜從未聽過如此刺耳的鈴聲，顫抖且粗糙，像是來自另一個年代。當鈴聲響徹全店，她父親突然全身緊繃，抓著頭髮，活像個瘋子。那是他面前的撥盤式電話在鈴聲大作。他接起電話，焦躁地問：

「是妳嗎？」

一個聲音回答：

「我是卡蜜兒！」

保羅從椅子上跳起來，欣喜若狂。

然後蒙娜明白了，她父親費盡心思把一九五〇年代的老舊電木[115]電話聽筒改裝成行動電話裝置，付出難以置信的努力作爲代價，最終順利接通了。他的嘴唇緊貼著話筒，給了妻子一個吻並向她大聲喊出自己滿心的愛意。然後他衝向蒙娜，捧起她的臉龐，向她宣布今年夏天，他們會去舊貨市集兜售他發明的原型。他興奮地跺著腳。孩子帶著笑容看著他，他的黑眼圈消失了，氣色也更好了。他看起來變年輕了，這應該是因爲他不再喝酒的關係。

但蒙娜面對這個充滿恩典的時刻卻浮現一種不暢快的感覺，這很奇怪，她的不自在從何而來？儘管她年紀尚小，卻感受到了問題之所在，那就是她害怕這個時刻會結束，而這種恐懼讓她的內心隱隱作痛。因爲，當一切都很順利，應該毫無猶豫地流露幸福的時刻，卻焦慮地擔心問題會再度出現，這有時會讓生活變得就像這些問題眞的應驗了一樣，令人難以忍受。人類的心靈比較容易適應當前的困難，而不是那令人害怕的可能。蒙娜十歲了，她正在學習這一點。

出於直覺，孩子突然冒出一絲幽默，她假裝舉杯慶祝這個消息，並建議和父親乾杯，保羅的喜悅戛然而止，他認爲女兒表現得有些笨拙，這讓他感到一股刺痛與失望，於是帶著悻悻然的諷刺語氣責備她。

「啊，這就是妳所能做的嗎？謝謝喔，蒙娜。」

多麼可怕且殘酷啊，這陣冰冷的狂風……。蒙娜覺得反胃，因爲她完全沒有想要冒犯他。她想要的是以一種全然嶄新的方式看待父親再度喝酒的可能性，更棒的是，她幻想在這個歡樂時刻虛構地融入能實現這份期待。她陷入一種悲傷的緘默之中，而保羅心煩意

115 電木（Bakélite）是全球第一個人工合成的樹脂，也是製造撥盤式電話的材質。

亂，滿心憤懣，情緒持續緊繃著。

稍晚就寢時，卡蜜兒對丈夫緊繃的面容感到驚訝，便問他發生了什麼事。他含糊其詞地講述在店裡和蒙娜之間發生的事。卡蜜兒挺直身子，頭髮蓬亂，卻顯得很有威嚴。

「你是笨蛋還是怎麼了？保羅。你女兒這麼做是爲了克服恐懼！你能理解嗎？不能嗎？」

當然能！他現在明白了。是的，他確實是個笨蛋，徹徹底底的笨蛋。他馬上跑去蒙娜的房間，而她還沒睡，他溫柔地對她微笑。

「對不起，我親愛的，我來跟妳乾杯！敬妳。」他想像中的酒杯在幽暗中閃爍著光芒。

*

夏天才剛開始，就已經酷熱難耐了。蒙娜趁機接連向祖父要了兩球巧克力香草冰淇淋，並在穿越杜樂麗花園時快速吃掉這些冰淇淋。在公園的小徑上，陽光穿透樹林所產生的頻閃效應讓小女孩感到震驚。她閉上眼，陶醉於在眼瞼下舞動的光線和脈動，彷彿她體內承載著整個星系。她低聲哼著歌曲。亨利教她「光幻視」這個美麗的字眼，用來形容這些壓印在視網膜上的斑點。他順便提到了布萊恩・吉辛[116]與伊恩・索莫維爾[117]這兩名美國藝術家，他們在一九六〇年代初期創造了「夢機器」[118]，這些裝置能強化這些光學現象並引發一種冥思狀態。爲此，需要設置一個開了多條溝槽的圓柱體，中心則放置一個燈泡，接著將這個圓柱體安裝在一個電唱機上方，讓它自轉。之後，我們只需要將注意力集中在這個裝置上，並保持閉眼。蒙娜顯然很想嘗試一下。

「我們找不到這樣的東西！」她祖父回應道。

「爸爸會給我做一個！」

在這個酷熱的天氣裡，參觀奧塞美術館會讓人倍感涼爽，因爲今日畫作描繪的是寒冷的室內，作者是擁有維京名字的北國大師威廉・哈莫修依。

116 布萊恩・吉辛（Brion Gysin，一九一六—一九八六），他既是藝術家、作家，也是發明家，同時擁有英國和加拿大的文化背景。

117 伊恩・索莫維爾（Ian Sommerville，一九四〇—一九七六），工程師。

118 Dreamachine

一名女子背對著我們，面向牆壁坐著。她穿著一件厚重的黑色長裙，上半身是一件背後開口、顏色較淺的襯衫。領口是圓形的，從中露出脊椎，接著是脖子和頭部，還有褐色秀髮梳成的髮髻。她位於畫作的中心位置，雖然由左向右略微傾斜的肩線打破了對稱性，最後出現一隻向後伸展的手臂，但是整體構圖極其平衡，並散發出近乎神聖的和諧感。從椅子背面看過去，我們看不見椅腳和椅座，只看到椅背和由三條橫檔連接起來的桿條，上方的橫檔很堅固，下方還有兩條橫檔，最下面那條非常細，中間那條呈波浪狀，賦予了這個由角度和網格主導的整體一種圓潤感。這張椅子是用樸素的木材製成的，構圖右側有一張被畫框邊緣截斷的餐具桌，桌上放了一個白色花邊的盤子。最重要的是，有一面牆與畫布的平面完全平行。沒有任何跡象表明這名女子有活動（她的雙手藏在視線之外），她的膝蓋幾乎貼著這面不透明且黯淡的大牆，她似乎正盯著這面牆。她在那裡發現了什麼？護壁板的高度在作品垂直軸線的四分之一處，但幾乎無法打斷這面牆的連續性。雖然牆面是灰色的，但是閃爍著神祕的光芒，彷彿白日的僭越牢牢攀住了昏暗且樸素的室內。

蒙娜意識到，在她觀察這件作品的無盡時間裡，她面對著這幅畫的模樣，就像那名女子面對著畫中的牆壁一樣。至於亨利，他孫女的脖子和模特兒的脖子連成一條線，這讓他想起雷內·馬格利特的一幅超現實主義畫作，畫中一名背對著我們的男子正在看鏡中的自己，鏡裡反射出來的是他的脊骨，而不是他的臉[119]。

「喔，爺耶！幾綹頭髮，還有那個，她衣服上的小皺褶和花形盤子裡的小摺痕，那裡！這些都好漂亮。你知道嗎？有時候我會想，要在學校花多少時間才能畫出這麼漂亮的畫……。我的意思是說，這些藝術家，當他們還是小孩的時候，我們就已經知道他們長大以後會成為藝術家嗎？」

「常常會有一些關於偉大畫家早熟的傳說。我可以告訴妳兩件有關威廉·哈莫修依的事情。第一個是據說他才兩歲，就已經能分辨和收集四葉幸運草！這表示他從小就有卓越的視覺洞察力……。至於他的藝術天賦，聽說他在八歲或九歲時，他母親為他讀了一個充滿巨魔和地精的故事，他就抓起鉛筆開始畫這些生物，而且他畫得非常成功，甚至被自己畫出來的怪物嚇得逃跑了！」

119 這幅畫是〈禁止複製〉（*La reproduction interdite*），創作於一九三七年。

「他害怕自己的畫？」

蒙娜一臉不可置信。

「是的，這一定是非常的可怕……。不過，哈莫修依沒有繼續畫這類幻想作品，他當然可以繼續畫，因爲他來自丹麥，這是一個位於北歐的國家，一個充滿超自然神話的地區，那裡住著女巫，她們會在森林中，在夜晚充滿生命的樹林裡施展咒語……。但是他最後畫的卻是完全不同的東西，如妳所見，在此，他感興趣的是最平凡的室內。」

「這讓人有點想到維梅爾，是吧？」

「應該是，但更爲簡約。除了位在中央的椅子、一張沉重的餐具桌，還有妳已經注意到的白色盤子，其他元素相當少。哈莫修依很喜歡木質的舊家具，既美觀又不過於矯飾。他說，室內不需要過多繁雜的裝飾，但可以透過簡單、樸素的元素來點綴空間，只要這些元素的品質是好的。」

「我打賭他會討厭我們現在的裝飾！」

「總之，無論如何，他同時拋棄了浮誇與過於庸俗的東西。能激起他繪畫慾望的是線條及其純粹性，這是他少數幾次公開提及的作畫方式。無論線條是彎的還是直的，其性質都令他如此著迷，甚至想要呈現出它的美。例如，在這幅畫裡，他應該是很著迷於護壁板、椅子的架構，或是畫面左邊這道由畫外的窗簾或牆角所產生的陰影。他稱這些爲『建築構造的特性』。」

「爺耶，你的哈莫修依與其當畫家，他更應該去當裝潢師！」

「但是他沒有選擇。」

「啊，是喔？誰強迫他？」

「讓我跟妳解釋一下。哈莫修依是一個低調的人，當他需要開口時，他會感到緊張，而且他也相當憂鬱。有證據顯示，他很少講話，而且他的聽力也不太好，因爲他的左耳是聾的。幾週前，我曾跟妳提過一位偉大的詩人，萊納．瑪利亞．里爾克。這個嘛，妳想像一下，某天，這名詩人去拜訪哈莫修依，後者住在哥本哈根的斯特蘭加德路[120]三十號二樓一間樸實美麗的公寓裡，也就是這幅畫取景的地方。由於藝術家天生的內向性格以及語言的隔閡，他們幾乎沒有交談，而且里爾克在離開時注意到：『我們知道他只專注於繪畫，

120 Strangade

除了畫畫，他既無法、也不願做其他事情。』我相信這是眞的。哈莫修依一心繫念的只有他的藝術使命。他甚至不想要評述、分析他的作品，也不想討論美學問題。他總是默默地、執著地畫著，這是他唯一的表達方法，而且就某種方式來說，這也是他存在的唯一方式。那麼，他畫了什麼呢？他最直接、最實際的存在，不多也不少。他的家，他的物品，當然，還有他的妻子艾達。」

「欸，爺耶，畫他太太的背部，這還是很奇怪……。你知道，這就像是惠斯勒的媽媽，我們會覺得他選錯邊來畫她的肖像……」

「我比較相信是哈莫修依想要表達他對身體某個部位的迷戀，而在繪畫史中，我們很少去觀察這個部位，當然在古典肖像中更是從未見過……」

「頸背。」蒙娜提出這一點，同時摸了摸自己的頸部後方。

「非常好，就是頸背，柔軟得像是一條閃閃發亮的小路……。至於惠斯勒的暗示，妳是對的。哈莫修依很喜歡這名藝術家，特別是他對色彩的運用。」

「但是，確切來說，爺耶，顏色在這裡好像無關痛癢。全部都是灰色的……」

「他故意使用黯淡、沉悶的顏色，因爲他認爲，從色彩角度來看，他可以透過限制調色盤上的變化來取得最佳的效果。然而，他尋求的是一種寂靜和遐想的效果。一般來說，一幅畫越是絢麗多彩，就越顯得充滿動感；色調越中性並呈現礦物般的顏色，就越讓人聯想到冥想和不眞實。」

然後，亨利試著向他的孫女解釋一個複雜的歷史現象，那就是隱私的誕生。他說，在十八和十九世紀，隨著居住環境日益都市化，住所被劃分成不同的空間。他說，臥室、浴室、小閨房或小書房等這些封閉的地方能幫助我們在自己家裡休息時，更加注意到自己本身、自己的感受和自己的主體性。這些確實很吸引人，但是蒙娜覺得有點頭暈，甚至開始搖晃起來，應該是太熱了，亨利加快解釋。

「艾達沉浸在自己的家中，她也處於自己內在世界的核心，而且只有她自己能觸及。兩者之間有一個連結，那就是牆。在畫框外的光線作用下，畫家讓這道牆變得閃閃發亮，光線來自一扇我們看不到的窗戶，就在構圖的左邊。妳看，蒙娜，這幅畫的天才之處就在於模特兒背對著我們，讓我們無法看到她的手。雖然肩膀和右手肘有輕微的動作，但是沒有任何跡象顯示艾達是在閱讀，還是在刺繡。什麼都沒有。從此，我們就被引導去注視這面牆，輪到我們靜靜地去感受它。」

「那麼，這就是哈莫修依的教導嗎？」

「沒錯，那就是要讓你的內在說話。」

蒙娜的頭更暈了。但她還是努力地更深入觀察微微閃爍的蒼白牆壁，這面牆被畫成乳白色，帶點非常淡的暗綠色，偶爾泛著藍色。她陷入了遐想，並在遐想之中逐漸變得遲鈍。雖然這件作品題爲〈休息〉（她確實記得這個標題），但是在平靜的體驗後，隨之而來的是難以忍受的不適感。她的思緒變得模糊，很快就變得混亂，以致於她開始在哈莫修依的畫中尋找四葉幸運草或巨魔的蹤跡。蒙娜的祖父警覺到她的語無倫次及蒼白的臉色，急忙讓她坐到長凳上。有那麼一瞬間，她感覺自己幾乎要窒息，被悶熱壓得透不過氣來。她反常地拿下吊墜，只爲了能喘口氣，就像她脫掉圍巾或毛衣一樣。隨後她的脈搏再次加快。她抬起頭，因爲她想再看看那一小面灰色的牆。它是黑色的。全部都是黑色的。她僵硬了好幾秒，雙眼被這個再度出現的古老失明惡夢所遮蔽。

「吸氣，蒙娜，吸氣。」亨利重複道，始終沒有失去冷靜。

「我還好，爺耶，我還好……」

不，一點也不好，但是蒙娜把這件可怕的事情隱藏起來，她一手緊緊抓著祖父的膝蓋，另一手將蟹守螺重新掛上脖子，以免遺失。她吸氣、呼氣，一次又一次，直到她的心跳恢復正常的節奏。不透明的螢幕一點一滴地逐漸變得清晰。在她眼前，艾達的脖子再次出現，接著是椅子的框架、右邊盤子的白色花冠和左邊投下的陰影，最後是一小面哈莫修依畫的牆壁。她緊緊抱著亨利。

「我還好，爺耶，應該是冰淇淋的關係，我吃太快了……」

「我可憐的寶貝，妳甚至以爲妳看到了巨魔……」

「我看到了……」

「別傻了……」

「在那裡，我跟你說，在右邊袖子的摺痕裡，就在手肘那邊，那是一顆巨魔的頭，還有發出呻吟的嘴巴、扁平的大鼻子，還有往下看的眼睛。」

亨利檢視蒙娜指出的細節，而她是對的。

34

皮特・蒙德里安

簡化

34

Piet Mondrian

Simplifie

卡蜜兒保持著禮貌，但是態度很堅定：

「醫師，暑假快到了，蒙娜的狀況不錯，而且我必須向您承認，經過三週的治療後，我變得格外謹慎。或許我們可以就此停住？」

醫師看起來有些不快，他聳聳肩，深深地嘆了一口氣，露出困惑的表情，但是他不想強迫任何人。不過他仍主張進行全面的健康檢查。對於眼睛的部分，必須進行視網膜成像檢查，以及眼壓和角膜厚度的檢查，之後，他們會在夏末進行最後一次會面。他看著小女孩，滿臉悲傷，準備向她道別，但是蒙娜就像之前那樣介入了：

「等一下！」她對母親說。

她堅持要再做最後一次的催眠。卡蜜兒遲疑了一下，但是她從女兒堅決的口氣中看到了自己的影子，於是她同意，並離開了診間。

眼皮顫動、身體放鬆，蒙娜陷入這個如今她很熟悉的半睡眠狀態，而現在，醫師再次引導她重溫失明的經驗。大約過了三十秒，醫師的暗示沒有得到任何的回應，然後，一件完全出乎意料的事情發生了，馮．奧斯特起先聽到他的小病人敘述第一次的創傷事件，他對這個過程幾乎瞭如指掌。但是蒙娜隨後提及了一些她未曾吐露的事件，就是幾個月前在她父親舊貨店裡的那次發作，還有最近在奧塞美術館哈莫修依畫作前發生的事情。醫師明白這個孩子向周圍親近的人隱瞞了這兩次短暫的復發，但焦慮不安促使她向他透露這些事情，他全神貫注地傾聽這些再現的回憶。陷入催眠狀態的蒙娜安詳地講述這一切。然而她做了一個手勢，一個不斷重複的微小手勢，這激起了馮．奧斯特的好奇心。他喚醒蒙娜，然後請她母親進來診間。

蒙娜的面容變了，她看來似乎既輕盈又喜悅，就像是我們康復後的第一天那樣。卡蜜兒注意到她紅潤的臉色，並觀察著醫師的表情。難以捉摸。她詢問醫師，醫師一邊開處方，一邊平淡地回答。

「那麼，蒙娜必須按照約定做健康檢查。如果有任何的異常，我們會盡快通知，否則我九月才會再見到她。在那之前，她必須好好享受假期，但也要繼續去看她的兒童心理醫師，我覺得他對她的治療做得很出色，開學後我會跟他聯繫。」

蒙娜愣住了。馮．奧斯特醫師的建議確保她能在七月和八月繼續跟著祖父去博物館，這實在是太棒了。但是，現在醫師想要跟這名不存在的「心理醫師」會面，她該怎麼向父母和醫師解釋？她只能禮貌性地微笑，心裡默想：「爺耶會找到方法的。」

診間的門關上了。馮．奧斯特獨自坐在堆滿文檔的辦公桌後面，爲自己倒了一杯黑咖啡。他沉思著。最後，他像夏洛克．福爾摩斯[121]般低語：

「一切都命懸一線……」

＊

當亨利明白夏天不會中斷他與孫女每週三的藝術巡遊時，鬆了一口氣。他斬釘截鐵地對卡蜜兒說，這位神祕的兒童心理醫師將會繼續在他的診所進行治療。卡蜜兒試圖了解更多，但是亨利要求她繼續信任他，並且不要問任何問題，就像當初約定的那樣。她讓步了。至於亨利，他已經計畫前往龐畢度中心了。去龐畢度中心？是的，因爲根據他自訂的每週行程，奧塞美術館只剩下一次的參觀機會，而且他很快就要邁入這幅巨大藝術壁畫的最後

121 夏洛克．福爾摩斯（Sherlock Holmes）是英國作家柯南．道爾爵士（Sir Conan Doyle）筆下的一名偵探，其搭檔是華生醫師。

三分之一，而蒙娜則是這幅畫的珍貴接收者。他告訴孩子這件事，並向她描述下一個珠寶盒的建築外觀，它布滿了巨大的外部水管、基本原色和透明的手扶梯，它座落在塞納河的另一側，離磊阿勒舊城區[122]不遠，她馬上興奮地直跺腳。但是在那之前，他們必須先去奧塞美術館欣賞最後一件作品。這件作品以它自己的方式，集中呈現了他們在十九世紀繪畫中觀察到的一切，同時也預示了無數現代化的瘋狂之處。蒙娜做好了準備，而且這一次她在路上只吃了一球冰淇淋。亨利帶她來到一幅三十五乘以四十五公分的小畫前，這是一名荷蘭人畫的，他將徹底改變我們看待世界的方式。

這是一幅鄉村風景，以兩大堆緊鄰的乾草垛為主，構圖的右側還有一堆較小的乾草垛。它們是從畫作左側以略偏四分之三的角度來呈現的。為了確定這些題材的性質，最好先閱讀解說牌上的標題，因為，除了天空中鋪展的薄薄雲層之外，我們無法直接辨認出它們是什麼。壓實的乾草堆在鄉村很常見，但在此看起來更像是微微隆起的巨大平行六面體，邊緣柔軟，胖乎乎的。外觀以剛勁且極明顯的垂直筆觸進行顫化處理，主要是從深紅紫色到酒紅色。要描述放置乾草垛的地面（占了總空間的三分之一）幾乎是不可能的，因為那裡混合了綠色和藍色的條紋，蜿蜒曲折，勾畫出一種邊緣、甚至是堤岸的印象。我們也看到了白色的斑點和一些豎直的紅色逗號形狀，尤其是在右邊，它們讓人聯想到分散在潮濕地區的植物群，或許是蘆葦。因此，我們可以推斷這些乾草捆是矗立在泥炭質的環境中，例如池塘、淹水的草原，或是看似一片混亂的海埔新生地等。

蒙娜在這幅畫前停留了半個小時，川流不息的遊客突然比往常更顯活躍。展館守衛氣憤地用英文大喊：「請不要使用閃光燈！請不要使用閃光燈！」蒙娜非常喜歡看到大人嚴厲責罵其他大人，因爲她從中獲得了一點小小的報復感……。還有今天這幅畫作上的簽名。每一次，當訪客發現畫家的身分時，似乎都很驚訝，不然就是失望，然後帶著某種難平的困惑看著這個物件。一名衣冠楚楚的先生三度將眼鏡貼近左下角的小花押字母，他暴怒質問其中一名展館守衛，認爲這是有人在愚弄他：

「這個？蒙德里安？不可能！」

孩子以眼神向她祖父探詢。

「妳要明白，蒙娜，皮特．蒙德里安以他的『抽象』畫作而聞名全球，主要是由方格以及藍色、黃色和紅色三原色組成。這些畫作創於第一次世界大戰後，不僅顚覆了繪畫，也徹底改變了設計和建築。但是，妳看，我們太常忽略了一個事實，那就是他的藝術家生涯始於一八九〇年代，而且他的風格最初是寫實主義，注重的是準確描繪大自然。」

「可是，爺耶，你會說這幅畫算是寫實主義嗎？」

「不，這幅畫確實不算，這些乾草垛是一九〇八年畫的，外觀有點模糊且朦朧。」

「對，這就好像風景有點顫抖，好像在晃動……」

「我們的思路是正確的。聽著，蒙德里安對當時在歐洲風靡一時的學說非常有興趣，這門學說聲稱能揭示一個非常古老且普世的眞理，那就是神智學。」

「這是一種宗教嗎？」

「可以這麼說。那些愛講壞話的人會說這是一種邪教，信徒則認爲這是一種智慧。我們可以說，神智學尋求的是東方和西方所有宗教信仰、甚至是所有知識的普遍和解，以便在地球上創造一種和諧的氛圍，讓每個人的內在都能充滿光明啟迪，也就是要盡可能淨化自我以達到核心，這是對簡樸和智慧的追尋。此外，如果我們能將蒙德里安所有的作品都擺到眼前，就會發現從早期到成熟期，這名藝術家的進程就是逐步邁向最大程度的簡樸。他從一絲不苟的具象開始，然後逐漸簡化為極簡的幾何形態。這些〈乾草垛〉很迷人，因為它們正好位於他創作歷程的中途。」

亨利試著解釋，這個過渡狀態與藝術史上所謂的「表現主義」是相符的，這是一個非常重要的思潮，強調的是內化的創作概念，在其中體驗到的感覺優於眞實的感知，但感知並未因此而被排除。梵谷和高更是兩個主要的啟發者。挪威的愛德華．孟克[123]也是，這位〈吶喊〉的著名畫家對此提出了一個有力的定義。他說：「藝術是一種圖像形式，透過人的神經—心靈—大腦—眼睛來構思。」這就是表現主義，這是一種對繪畫的領會，其視角涵蓋了存在的所有組成成分，從視網膜到皮膚，還包括了重要的器官、當前的情感、過往的回憶和身體的液體。為了更能吸收這些非常艱澀的論述，蒙娜試著將她祖父的話加以具體化。她想像蒙德里安漫步在荷蘭的鄉村裡，並開始模仿他的動作。

123 愛德華．孟克（Edvard Munch，一八六三—一九四四），挪威畫家，他的畫作〈吶喊〉（*Cri*）有多個版本，每一個版本都呈現出強烈的情感張力。

「所以，其實，這就像我是蒙德里安……。我安靜地走在田野間，而且多虧了我面前的乾草（她睜大眼睛），我開始感受各種情緒（她跳了一下），喜悅、痛苦，還有其他事情；然後，當我在畫乾草時，我畫的是我所感受到的一切（她的手和指頭做出了翻騰的動作）……。所以，都好啦，我可以在原本應該是綠色的地方多加一點棕色或紅色，因爲這些是我的心靈或神經裡的顏色（她拍拍胸脯），如果它們和我眼睛實際看到的顏色有出入，那就算了……（她停了一下）。就像這樣，嗯？」

「完全就是這樣，蒙德里安先生。我還想補充一下，尊敬的大師，您特意選擇了小尺寸的畫布，因爲畫布尺寸越小，您就越能在其中融入您內在的個人情感。」

蒙娜停止她的角色扮演，她靜靜地盯著畫作良久，它開始慢慢地顯露在眼前。

「你知道的，爺耶，當我看到這一切時，我很淸楚我應該要想到梵谷，這是確定的，這眞的非常像……。還有，也有一點像在他之前的莫內和塞尙。我很明白這一點，但是……」

「妳說得沒錯，對！但是什麼呢？」

「但是這眞奇怪……。我在想的其實是另一個人……。我怕我會說很傻的話！但對我來說，這是確定的，還有其他人在那裡……。你會說我得零分，我感覺到了……」

「誰啊？蒙娜，說吧。」

「好吧，你回想一下，爺耶，〈蒙娜麗莎〉的教導就是要對生活微笑。你還記得，我很確定……（亨利點點頭），但是爲了做到這一點，你也說過，達文西指出，風景中到處都有能量，他指出，到處都有……（她遲疑了一下）振動，你知道我的意思嗎？」

「我知道。是的。所以？」

「那好吧，爺耶，這就像是達文西的做法。而這正是因爲蒙德里安想讓我們感覺這是有生命的，到處都在微微顫動，所以他用了很厚的筆觸，因此，這就好像它是有生命的，是能呼吸的……」

「好像它在躍動……」

「對，就是那樣！我還記得，爺耶，你曾在哥雅的羊肉畫作前說過這個字；唔，這裡也是一樣。還有，看吶，爺耶（蒙娜咯咯地笑了起來），蒙德里安的乾草垛甚至像一塊烤牛肉！」

「妳的烹飪比喻有點過頭了，但是妳完全明白蒙德里安試圖要表露的感覺。他的繪畫表達了穿透這堆平凡乾草堆的內在光芒，而且他利用白色雲朵的流動來爲乾草堆加上光環，並賦予它們宇宙般的維度。蒙德里安希望我們能像他一樣，體驗到從世界所有組成成分中散發的那份精神。他呼籲我們要觀察每一成分最原始的存在。」

「那你看到了嗎？爺耶，在那些乾草垛上，筆觸看起來像針腳！」

「又得到一分了，蒙娜……。就像我告訴過妳的，蒙德里安在創作這件作品時，正處於轉型的過程。他正準備將他的畫作簡化爲非常簡潔的結構。一九一〇年代，就在這幅畫完成後不久，他就開始嘗試用垂直線和水平線組成的網格來組織他的空間。」

「但這是爲什麼？」

「他想像垂直線上升的部分具有精神的價值，而水平線延展的部分則代表塵世的價值。他認爲把畫作建構成格子狀，到處充滿直角，這樣就能揭示宇宙隱藏的和諧。他這個想法顯然不是憑空出現的，這是他受到神智學的啟蒙後才產生的。」

蒙娜有點分心了，但仍然注意到大量具有上升動態的筆觸，它們與畫布寬度上的長條痕交織成垂直線條（雖然並不總是很精確），特別是在前景中的那些。啊！這個前景……這是讓她最不舒服的地方。在她看來，這位藝術家對相似度的處理似乎還是很隨便。雖然亨利講述了荷蘭海埔新生地的模樣，但她依然覺得這看起來像是一個骯髒的調色盤！

「從你的『神智學』、你的『表現主義』和你那些『抽象派』的東西，我已經知道蒙德里安的教導會很複雜……」

「它可能會很複雜，這是眞的，但也不一定非得如此，證據就是我們也可以將它歸結爲一個動詞，只有一個動詞，將它化爲一個本身非常簡單的指令，那就是**簡化**。蒙德里安簡化了他的圖像處理和筆法；他簡化了他的用色，再也不需要去想這些顏色是否符合大自然；他把重點放在乾草上，也就是說聚焦在一個非常簡單的日常主題。當我們想到轉變，總以爲會是變得更複雜；我們相信變遷和變革是透過加法而非減法來實現的。蒙德里安教我們的正好相反。簡化、簡化、簡化。蒙娜，妳懂了嗎？」

「是的，爺耶，我想我懂了，我懂了……」

Cet ouvrage, publié dans le cadre du Programme d'Aide à la Publication « Hu Pinching », bénéficie du soutien du Bureau Français de Taipei.

本書獲法國在台協會
《胡品清出版補助計畫》支持出版。

蒙娜之眼.II，奧塞美術館／湯瑪士．謝勒斯（Thomas Schlesser）作；李沅洳譯. -- 初版 -- 臺北市：時報文化出版企業股份有限公司，2025.07
200面；14.8×21公分 --（藍小說；370）
譯自：Les yeux de Mona
ISBN 978-626-419-583-6（平裝）

876.57　　114007453

藍小說370

蒙娜之眼 II——奧塞美術館／Les Yeux de Mona——Orsay

作者—湯瑪士．謝勒斯（Thomas Schlesser）
譯者—李沅洳　特約編輯—Sage、陳詩韻　美術設計—平面室　校對—簡淑媛
行銷企劃—鄭家謙　版權—楊弘韻　副總編輯—王建偉

董事長—趙政岷
時報文化出版企業股份有限公司
108019台北市和平西路三段240號4樓
發行專線—02-2306-6842
讀者服務專線—0800-231-705．02-2304-7103
讀者服務傳真—02-2304-6858
郵撥—19344724時報文化出版公司
信箱—10899台北華江橋郵局第99信箱
時報悅讀網—http://www.readingtimes.com.tw
電子郵件信箱—ctliving@readingtimes.com.tw
藝術設計線FB—http://www.facebook.com/art.design.readingtimes．IG—art_design_readingtimes
法律顧問—理律法律事務所　陳長文律師、李念祖律師
印刷—勁達印刷有限公司
初版一刷—2025年7月4日
初版二刷—2025年9月16日
定價—新台幣430元
版權所有　翻印必究（缺頁或破損的書，請寄回更換）
ISBN 978-626-419-583-6
Printed in Taiwan

時報文化出版公司成立於一九七五年，並於一九九九年股票上櫃公開發行，於二〇〇八年脫離中時集團非屬旺中，以「尊重智慧與創意的文化事業」爲信念。

LES YEUX DE MONA by Thomas SCHLESSER
Editions Albin Michel - Paris 2024
Complex Chinese edition copyright © 2025 by China Times Publishing Company
All rights reserved.

For all the photographs © Photo All rights reserved, except 46 et 47 : © Photo All rights reserved / Foundation Hartung-Bergman ; 49 : © Photo Maximilian Geuter / The Easton Foundation.

For all the Works of Art: © All rights reserved, except 36 : © Association Marcel Duchamp / Adagp, Paris 2024 ; 38 : © Georgia O'Keeffe Museum / Adagp, Paris 2024 ; 39 : © Foundation Magritte / Adagp, Paris, 2024 ; 40 : © Succession Brancusi - All rights reserved (Adagp) 2024 ; 41 : © Adagp, Paris, 2024 ; 42 : © 2024 Banco de México Diego Rivera Frida Kahlo Museums Trust, México, D.F. / Adagp, Paris ; 43 : © Succession Picasso, 2024 ; 44 : © 2024 The Pollock-Krasner Foundation / Artists Rights Society (ARS), New York ; 45 : © 2024 Niki Charitable Art Foundation / Adagp, Paris ; 46 : © Hans Hartung / Adagp, Paris, 2024 ; 47 : © Anna-Eva Bergman / Adagp, Paris, 2024 ; 48 : © Estate of Jean-Michel Basquiat, licensed by Artestar, New York ; 49 : © The Easton Foundation / Licensed by Adagp, Paris, 2024 ; 50 : © Courtesy of the Marina Abramovic Archives / Adagp, Paris, 2024 ; 51 : © Adagp, Paris, 2024 ; 52 : © Adagp, Paris, 2024.